Dolph Heyliger

Washington Irving

Impressum

Autor: Washington Irving
Übersetzung: Adolf Strodtmann
Umschlagkonzept: toepferschumann, Berlin

Verlag: tradition GmbH, Hamburg
ISBN: 978-3-8424-0780-0
Printed in Germany

Tucholsky   Wagner   Zola   Scott
Turgenev   Wallace   Fonatne Sydow   Freud   Schlegel
    Twain   Walther von der Vogelweide   Fouqué   Friedrich II. von Preußen
              Weber   Freiligrath   Frey
Fechner   Fichte Weiße Rose   von Fallersleben   Kant   Ernst
                                              Hölderlin   Richthofen   Frommel
    Fehrs   Engels   Fielding   Eichendorff   Tacitus   Dumas
              Faber   Flaubert   Eliasberg   Ebner Eschenbach
    Feuerbach   Maximilian I. von Habsburg Fock   Eliot   Zweig
                        Ewald   Vergil
        Goethe   Elisabeth von Österreich   London
Mendelssohn Balzac   Shakespeare
        Trackl   Lichtenberg   Rathenau   Dostojewski   Ganghofer
Mommsen   Stevenson   Tolstoi   Hambruch   Doyle   Gjelle-up
        Thoma   Lenz   Hanrieder   Droste-Hülshoff
Dach   Verne   von Arnim   Hägele   Hauff   Humboldt
        Reuter   Rousseau   Hagen   Hauptmann
Karrillon   Garschin   Gautier
        Damaschke   Defoe   Hebbel   Baudelaire
                        Descartes   Hegel   Kussmaul   Herder
Wolfram von Eschenbach   Dickens   Schopenhauer
        Bronner   Darwin   Melville   Grimm Jerome   Rilke   George
        Campe   Horváth   Aristoteles   Bebel   Proust
Bismarck   Vigny   Barlach   Voltaire   Federer   Herodot
              Gengenbach   Heine
    Storm   Casanova   Tersteegen   Gilm   Grillparzer   Georgy
              Chamberlain   Lessing   Langbein   Gryphius
Brentano   Lafontaine
    Strachwitz   Claudius   Schiller   Kralik   Iffland   Sokrates
        Katharina II. von Rußland   Bellamy   Schilling
                                Gerstäcker   Raabe   Gibbon   Tschechow
Löns   Hesse   Hoffmann   Gogol   Wilde   Gleim   Vulpius
    Luther Heym   Hofmannsthal   Klee   Hölty   Morgenstern
    Roth   Heyse   Klopstock   Kleist   Goedicke
Luxemburg   La Roche   Puschkin   Homer   Mörike
    Machiavelli   Horaz   Musil
Navarra Aurel   Musset   Kierkegaard   Kraft   Kraus
    Nestroy Marie de France   Lamprecht Kind Kirchhoff Hugo   Moltke
    Nietzsche   Nansen   Laotse   Ipsen   Liebknecht
        Marx   Ringelnatz
von Ossietzky   Lassalle   Gorki   Klett   Leibniz
        May   vom Stein   Lawrence   Irving
Petalozzi   Knigge
    Platon   Pückler   Michelangelo   Kock   Kafka
    Sachs   Poe   Liebermann   Korolenko
        de Sade Praetorius   Mistral   Zetkin

In früheren Zeiten, als die Provinz New-York noch unter der Tyrannei eines englischen Gouverneurs, Lord Cornbury, seufzte, der seine Grausamkeiten gegen die holländischen Bewohner so weit trieb, daß er keinem Geistlichen oder Schullehrer gestattete, ohne seine besondere Erlaubniß in ihrer Sprache zu predigen oder zu lehren, in dieser Zeit lebte in der kleinen alten Stadt Manhattoes eine gutmüthige Frau, die unter dem Namen Frau Heyliger bekannt war. Sie war die Wittwe eines holländischen Seekapitäns, der in Folge zu schwerer Arbeit und zu vielen Essens, zu der Zeit, als alle Einwohner in panischem Schrecken auszogen, um den Platz gegen den Einfall eines kleinen französischen Kapers zu befestigen, plötzlich am Fieber starb (1705). Er hinterließ ihr nur ein sehr mäßiges Vermögen und einen kleinen Sohn, das einzige, das von mehren Kindern übrig geblieben war. Die gute Frau mußte sich sehr einschränken, um durchzukommen und dabei den nöthigen Anstand zu behaupten. Indessen da ihr Mann als ein Opfer seines Eifers für das öffentliche Wohl gefallen war, kam man allgemein darin überein,»daß etwas für die Wittwe gethan werden müsse«, und in der Hoffnung auf dieses»etwas« lebte sie einige Jahre ganz erträglich; zu gleicher Zeit hatte Jedermann Mitleid und sprach gut von ihr, und das half auch mit.

Sie lebte in einem kleinen Hause, in einer kleinen Straße, Gartenstraße genannt, wahrscheinlich nach einem Garten, der da einmal in früherer Zeit gewesen war. Da ihre Bedürfnisse jedes Jahr größer, das Gerede des Publikums aber,»daß etwas für sie geschehen müsse«, geringer wurde, so sah sie sich um, wie sie selbst etwas für sich thun könne, um ihr unbedeutendes Einkommen zu vermehren und ihre Unabhängigkeit zu bewahren, die bei ihr etwas galt.

In einer Handelsstadt lebend, hatte sie etwas von ihrem Geiste eingesogen und beschloß, etwas in der großen Lotterie des Handels zu wagen. Plötzlich erschien daher, zur großen Verwunderung der ganzen Straße, an ihrem Fenster eine große Reihe von Königen und Königinnen aus Ingwerbrot, mit ihren krummen Säbeln, nach unveränderlicher königlicher Art und Weise. So gab es auch einige zerbrochene Gaukler, einige mit Zuckerpflaumen, andere mit Schnellkügelchen gefüllt; ferner gab es Kuchen verschiedener Art, Gerstenzucker, holländische Puppen, hölzerne Pferde, hier und da mit Gold verzierte Bilderbücher, und dann Stränge von Garn oder ein hängendes Pfund Lichter. An der Hausthüre saß die Katze der guten alten Dame, eine anständige, sittsam aussehende Standesperson, die jeden Vorübergehenden zu mustern und seinen Anzug zu kritisiren schien; ab und zu dehnte sie ihren Rücken und schaute neugierig aus, um zu sehen, was an der anderen Seite der Straße vorging; aber wenn zufällig ein unnützer Landstreicher von Hund herbeikam und sich unhöflich erwies – potz tausend – wie richtete sie da ihre Haare in die Höhe, wie knurrte und grollte sie und streckte ihre Pfoten aus! Sie war so aufgebracht wie eine alte garstige Jungfer, wenn sich ihr ein sittenloser und unverschämter Bursche nähert.

Obgleich nun die gute Frau bis auf diese niedrigen Mittel ihrer Existenz heruntergekommen war, so nährte sie doch immer ein Gefühl von Familienstolz, denn sie stammte von den Vanderspiegels von Amsterdam ab; die gemalten und eingerahmten Familienwappen hingen über ihrem Kaminsims. Wirklich war sie bei allem ärmeren Volk des Ortes sehr geachtet; ihr Haus war ein Versammlungsort der alten Weiber in der Nachbarschaft; sie kamen da im Winter Nachmittags zusammen, sie saß strickend an einer Seite des Kamins, ihre Katze schnurrend an der anderen, vor ihr der singende Theekessel: so plauderten sie zusammen bis spät am Abend. Für Peter de Groodt, auch der lange Peter oder Peter Langbein genannt, den Todtengräber und Küster der kleinen lutherischen Kirche, der ihr intimer Freund und das Orakel an ihrem Kamin war, stand immer ein Armstuhl bereit. Ja, der Domine selbst hielt es nicht unter seiner Würde, hin und wieder bei ihr vorzusprechen, sich nach ihrem Gemüthszustand zu erkundigen und ein Glas von ihrem besonders guten Kirschgeist zu trinken. Insbesondere fehlte er nie am Neujahrstag und wünschte ihr ein glückliches neues Jahr; die gute Dame aber, die in manchen Stücken etwas eitel war, setzte eine Ehre darein, ihm einen so großen Kuchen zu verehren, wie nur irgend einer in der Stadt war.

Ich habe bereits gesagt, daß sie einen Sohn hatte. Er war das Kind ihres Alters, aber kaum ein Trost für sie, denn unter allen bösen Buben war Dolph Heyliger der muthwilligste. Nicht daß der Bursche wirklich lasterhaft gewesen wäre, er war nur voll Muthwillen und Scherz und hatte einen kühnen, aufgeweckten Geist, der bei reicher Leute Kind gepriesen, bei Armen verwünscht wird. Er war immer in Händel verwickelt, seine Mutter unaufhörlich von Klagen über muthwillige Streiche gequält, die er hatte ausgehen lassen; es wurden Rechnungen für Fenster geschickt, die er zerbrochen hatte; mit einem Worte, er hatte noch nicht sein vierzehntes Jahr erreicht, als die ganze Nachbarschaft von ihm sagte, er sei ein gottloser Bube, der gottloseste in der ganzen Straße. Ja, ein alter Herr in einem dunkeln Rock, mit einem schmalen rothen Gesicht ging so weit, daß er Frau Heyliger versicherte, ihr Sohn würde früher oder später an den Galgen kommen.

Diesem allen ohngeachtet liebte die arme Seele doch ihren Knaben. Es schien, als ob sie ihn um so mehr liebte, je schlimmer er wurde, und als ob er um so höher in ihrer Gunst stieg, je mehr er in der Gunst der Welt verlor. Mütter sind närrische, thörichte Wesen, nichts kann ihre Thorheiten wegraisonniren. Und in der That, die Liebe zu ihrem Kinde war Alles, was dem armen Weibe in dieser Welt geblieben war; wir dürfen uns deßhalb nicht wundern, daß sie für ihre guten Freunde, welche ihr zu beweisen suchten, daß Dolph der Strick erwarte, nur taube Ohren hatte.

Doch muß man auch dem kleinen Spitzbuben Gerechtigkeit widerfahren lassen. Er hing sehr an seiner Mutter; mit Wissen verursachte er ihr niemals Kummer, und wenn er Unrecht gethan hatte, und er sah, wie sich die Augen seiner armen Mutter ernst und sorgenvoll auf ihn hefteten, so erfüllte dieß sein Herz mit Gram und Reue. Aber er war ein unbedachtsamer junger Bursche, der nicht um die Welt einer Versuchung zu Scherz und Possen widerstehen konnte. Obgleich fähig zum Lernen, wenn er selbst dazu aufgelegt war, war er dabei doch immer geneigt, sich durch faule Kameraden verführen zu lassen, herumzulungern, Vogelnester zu suchen, Obstgärten zu berauben oder in dem Hudson zu schwimmen.

Auf diese Weise wuchs er auf, ein langer, lümmelhafter Bursche, und seine Mutter war sehr in Verlegenheit, was sie mit ihm machen, oder wie sie ihn auf einen Weg leiten sollte, für sich selbst zu sorgen, denn er stand in so einem schlechten Ruf, daß ihn niemand anstellen wollte.

Sie hielt manche Berathungen mit Peter de Groodt, dem Todtengräber und Küster, der ihr erster Geheimerath war. Peter war in keiner geringeren Verlegenheit als sie selbst, denn er hatte keine große Meinung von dem Burschen und glaubte, es würde nie etwas Gutes aus ihm werden. Einmal hatte er ihr gerathen, ihn zur See zu schicken – ein Rath, der nur in den verzweifeltsten Fällen gegeben wird. Aber Frau Heyliger wollte von einem solchen Gedanken nichts hören; sie konnte es nicht für möglich halten, Dolph aus ihren Augen zu lassen. Eines Tages saß sie in großer Verlegenheit strickend am Kamin, da trat der Küster mit einem Gesicht von ungewöhnlicher Lebhaftigkeit und Heiterkeit ein. Er kam gerade von einem Leichenbegängnis. Es war das eines Knaben von Dolphs Alter, der Lehrling bei einem berühmten deutschen Doktor gewesen und an der Lungensucht gestorben war. Wahr ist es, es ging ein Geflüster, daß der Verstorbene ein Opfer der mit ihm von dem Doktor angestellten Experimente geworden sei; er versuchte nämlich die Wirkungen einer neuen Mischung oder einer beruhigenden Arznei.

Wahrscheinlich aber war dieß ein bloßes Gerede, das Peter de Groodt nicht der Erwähnung werth hielt, obgleich, wenn wir Zeit zu philosophiren hätten, es ein eigener Gegenstand des Nachdenkens sein würde, warum die Familie eines Doktors so mager und leichenartig ist und die eines Fleischers so wohlbeleibt und roth.

Wie ich schon sagte, betrat Peter de Groodt das Haus der Frau Heyliger mit ungewöhnlicher Heiterkeit. Es war ihm während des Leichenbegängnisses ein Gedanke in den Kopf gekommen, über den er heimlich lachte, als er die Erde in das Grab von des Doktors Schüler schaufelte. Es fiel ihm ein, daß jetzt die Stelle des Verstorbenen bei dem Doktor erledigt war, und daß sie ganz für Dolph geeignet sei. Der Junge hatte Fähigkeiten, konnte eine Mörserkeule handhaben und eine Bestellung trotz einem Buben in der Stadt machen; was brauchte es mehr für einen Schüler?

Der Vorschlag des klugen Peters war für die Mutter eine wahrhaft gloriose Erscheinung. Sie sah in Gedanken Dolph schon mit einem spanischen Rohr an seiner Nase, einen Klopfer an seiner Thüre und ein *M. D.* am Ende seines Namens – mit einem Worte, als einen der ersten Leute der Stadt.

Die Angelegenheit wurde bald ins Werk gesetzt; der Küster hatte einigen Einfluß auf den Doktor, denn sie hatten in ihren verschiedenen Berufsgeschäften doch Manches zusammen zu thun, und am nächsten Morgen berief und führte er den Knaben in seinen Sonntagskleidern zu Doktor Karl Ludwig Knipperhausen, um mit ihm eine Untersuchung vorzunehmen.

Sie fanden den Doktor in einem Armsessel sitzend, in einem Winkel seines Studirzimmers oder Laboratoriums, mit einem großen Buche in deutscher Sprache vor sich. Er war ein kurzer, fettleibiger Mann, mit einem dunkeln, eckigen Gesichte, das durch eine schwarze Sammetmütze noch dunkler erschien. Er hatte eine kleine, mit Buckeln besetzte Nase, wie eine Himbeere, und ein paar Brillen, die an jeder Seite seines dunkeln Gesichts wie ein paar Bogenfenster glänzten.

Dolph fühlte sich von Ehrfurcht erfüllt, als er zu dem gelehrten Manne eintrat, und blickte mit kindischer Bewunderung um sich auf die Möbeln dieses Studirzimmers, welches ihm fast wie die Höhle eines Zauberers erschien. In der Mitte stand ein Tisch mit Klauenfüßen, mit Mörser und Keule, Flaschen und Apothekerbüchsen und ein paar kleinen polirten Wagen. An einem Ende befand sich eine schwere Kleiderpresse, die in ein Gefäß mit Arzneiwaaren und Mischungen paßte; gegenüber hing des Doktors Hut und Mantel, ein Stock mit goldenem Knopf, und auf der Spitze grinste ein menschlicher Schädel. Längs des Kaminsimses waren Glasgefäße, in welchen sich Schlangen und Eidechsen und ein menschlicher Fötus in Weingeist befanden. Ein Kabinet, dessen Thüren offen standen, enthielt drei ganze Repositorien voll Bücher, von denen einige mächtige Foliobände waren; eine Sammlung, dergleichen Dolph noch nie zuvor gesehen hatte. Da jedoch die Bibliothek nicht das ganze Kabinet einnahm, hatte des Doktors wirthschaftliche Haushälterin das Uebrige mit Einmachtöpfen besetzt und rings herum unter den ehrwürdigen Hülfsmitteln der heilenden Kunst Schnüre mit rothem Pfeffer und großen Gurken zur künftigen Aussaat aufgehängt.

Peter de Groodt und sein Schützling wurden mit großer Würde und Feierlichkeit von dem Doktor, der ein sehr kluger, würdevoller, kleiner, nie lächelnder Mann war, aufgenommen. Er musterte Dolph mit Hülfe seiner Brille von Kopf zu Fuß, von oben und unten, und dem armen Jungen fiel der Muth, als diese großen Gläser auf ihn starrten wie zwei Vollmonde. Der Doktor hörte Alles, was Peter de Groodt zu Gunsten des jungen Kandidaten zu sagen hatte, benetzte dann seinen Daumen mit der Zungenspitze und wendete bedächtlich Seite um Seite des großen schwarzen Buches vor ihm um. Endlich nach manchen Hm's und He's, Streichen des Kinns und aller Unschlüssigkeit und Ueberlegung, mit welcher ein kluger Mann zu Werke geht, wenn er im Begriff steht etwas zu unternehmen, zeigte sich der Doktor bereitwillig, den Burschen als Schüler anzunehmen, ihm Bett, Kost und Kleidung zu geben und in der Heilkunst zu unterrichten; wogegen er bis in sein einundzwanzigstes Jahr in seinen Diensten bleiben mußte.

So sehen wir denn unsern Helden aus einem unglücklichen Burschen, der wild in den Straßen umherrennt, in einen Studenten der Medicin umgewandelt, der unter den Auspicien des gelehrten Doktors Karl Ludwig Knipperhausen fleißig die Mörserkeule handhabt. Es war ein glücklicher Wechsel für seine zärtliche alte Mutter. Sie erfreute sich an dem Gedanken, daß ihr Sohn seiner Vorfahren würdig werden würde, und sah schon den Tag voraus, wo er im Stande sein werde, seinen Kopf so hoch zu tragen wie der Rechtsanwalt, der in dem Hause gegenüber wohnte; oder vielleicht gar wie der Domine selbst.

Doktor Knipperhausen war in der Pfalz in Deutschland geboren, von wo er wegen religiöser Verfolgung mit mehreren seiner Landsleute in England eine Zuflucht gefunden hatte. Er war einer von den fast dreitausend Pfälzern, die dann unter dem Schütze des Gouverneurs Hunter im Jahre 1710 von England nach Amerika herüber kamen. Wo der Doktor studirt, wo er seine medicinischen Kenntnisse erlangt und wo er sein Diplom erhalten halte, ist schwer zu sagen, denn niemand weiß es; doch ist das ausgemacht, daß seine tiefe Gelehrsamkeit und seine ungewöhnlichen Kenntnisse der Gegenstand des Gespräches und der Bewunderung des gemeinen Volkes nahe und ferne waren.

Seine Praxis war ganz verschieden von der anderer Aerzte; sie bestand in geheimnißvollen Mischungen, die nur ihm bekannt waren, bei deren Zubereitung und Anwendung er, wie man sagte, immer die Sterne zu Rathe zog. Die Meinung von seiner Geschicklichkeit, welche insbesondere die deutschen und holländischen

Bewohner nährten, war so groß, daß sie in verzweifelten Fällen ihre Zuflucht zu ihm nahmen. Er gehörte zu den untrüglichen Doktoren, die immer schnelle und überraschende Kuren bewirken, wenn der Kranke bereits von allen gewöhnlichen Aerzten aufgegeben worden ist; es müßte denn sein, daß der Fall schon zu lange gedauert hätte, bevor er in seine Hände gelangte. Des Doktors Bibliothek war das Tagesgespräch und Wunder der Nachbarschaft, ja man könnte fast sagen des ganzen Fleckens. Das gute Volk schaute mit Ehrfurcht auf einen Mann, der drei ganze Repositorien voll Bücher, einige von ihnen so groß als eine Familienbibel, gelesen hatte. Die Mitglieder der kleinen lutherischen Kirche stritten sich oft darum, wer wohl der Klügste sei, der Doktor oder der Domine. Einige von seinen Bewunderern gingen gar so weit, daß sie sagten, er wisse mehr als selbst der Gouverneur – mit Einem Wort, man glaubte, daß seine Wissenschaft gar keine Gränze habe!

Nachdem Dolph in des Doktors Familie aufgenommen worden war, wurde ihm die Wohnung seines Vorgängers übergeben. Es war eine Dachstube eines alten holländischen Hauses, in dem der Regen an die Schindeln schlug, der Blitz leuchtete und der Wind bei stürmischem Wetter durch die Risse pfiff; wo endlich ganze Schaaren hungriger Ratten, gleich donischen Kosaken, allen Fallen und dem Rattengifte zum Trotz herumgaloppirten.

Er befand sich bald bis über die Ohren in den medicinischen Studien, mußte vom Morgen bis in die Nacht Pillen drehen, Tinkturen filtriren oder in einem Winkel des Laboratoriums die Mörserkeule führen. Während dem nahm der Doktor, wenn er nichts weiter zu thun hatte, oder Kranke erwartete, seinen Sitz in einem anderen Winkel, und überblickte in seinem Morgenanzug und in seiner Sammetmütze den Inhalt einiger Foliobände. Wahr ist es, das einförmige Schlagen der Mörserkeule oder vielleicht das dumpfe Summen der Fliegen lullte dann und wann den kleinen Mann in Schlummer, aber dann sperrte er wieder die Augen weit auf und sah emsig wieder in das Buch.

Es befand sich auch noch eine andere Person im Hause, der Dolph zu gehorchen verbunden war. Obgleich Junggeselle und ein Mann von großer Würde und Gewicht, stand der Doktor doch, gleich manchem klugen Mann, unter dem Pantoffel. Er war vollkommen der Herrschaft seiner Haushälterin hingegeben, einer sparsamen, geschäftigen, ärgerlichen Hausfrau, mit einer kleinen, runden, gesteppten deutschen Haube und mit einem am Gürtel einer außerordentlich langen Taille klappernden Schlüsselbund. Frau Ilse (oder Frau Ilsy, wie sie ausgesprochen wurde) hatte ihn auf seinen verschiedenen Reisen von Deutschland nach England und von England nach der Provinz begleitet; sie gouvernirte seinen Haushalt, sowie ihn selbst; leitete *ihn* mit einer milden Hand, führte aber eine hohe Sprache gegen alle übrige Welt. Wie sie eine solche Uebermacht erlangt hatte, wissen wir nicht zu sagen. Es ist wahr, das Volk sagte – aber was sagt das Volk nicht Alles, seit die Welt steht? Wer kann sagen, wie die Frauen im Allgemeinen es anfangen, um die Oberherrschaft zu gewinnen? Es giebt Männer, das ist wahr, die hier und da Herren in ihrem eigenen Hause sind, aber wer hat je einen Junggesellen gekannt, der nicht unter dem Pantoffel seiner Haushälterin gestanden hätte?

Aber Frau Ilsy's Gewalt beschränkte sich nicht blos auf des Doktors Haushalt. Sie war eine von den geschäftigen Klätscherinnen, welche die Geschäfte aller Anderen besser als sie selbst verstehen; deren allsehende Augen und allsprechende Zungen der Schrecken der ganzen Nachbarschaft sind.

Nichts von einiger Wichtigkeit verlautete in diesem kleinen Flecken, Frau Ilsy wußte es. Sie hatte ein Häuflein alter Bekannter, die immer mit einigen kostbaren neuen Bissen zu ihrer Wohnung eilten; ja, sie kramte bisweilen ein ganzes Buch geheimer Geschichten aus, während sie die Thüre zur Straße in der Hand hielt und mit einer dieser geschwätzigen Bekannten im rauhen December schwatzte.

Man kann sich leicht denken, daß Dolph, zwischen dem Doktor und der Haushälterin in der Mitte, ein sehr unruhiges Leben hatte. Da Frau Ilsy die Schlüssel und buchstäblich die Herrschaft über die Küche hatte, so führte es zum Verderben, sie zu beleidigen, und er fand das Studium ihres Charakters schwieriger als selbst das der Medicin. Wenn er nicht in dem Laboratorium beschäftigt war, schickte sie ihn dahin und dorthin, und am Sonntag mußte er sie in die Kirche hin und zurück begleiten und ihr die Bibel tragen. Manchmal stand der arme Bursche auf dem Kirchhof frostig und hauchte sich in die Finger oder hielt sich die erfrorene Nase, während Ilsy und ihre Basen zusammenstanden, die Köpfe schüttelten und einige unglückliche Seelen herunterrissen.

Bei allen Vortheilen machte Dolph doch nur sehr kleine Fortschritte in seiner Kunst. Dieß lag gewiß nicht an dem Doktor, denn er gab sich unermüdet mit dem Burschen ab, hielt ihn streng an Mörser und Mörserkeule, oder setzte ihn in Trapp, Flaschen und Pillenschachteln in die Stadt zu tragen; und wenn er einmal in seinem Fleiß nachließ, was er gern zu thun pflegte, gerieth der Doktor in Harnisch und fragte, ob er wohl dächte seine Profession zu lernen, wenn er sich nicht eifriger zum Studiren anschickte. Die Wahrheit ist, daß er immer noch Neigung zu Spiel und Possen hatte, wie in seiner Kindheit; in der That war die Gewohnheit mit den Jahren stärker geworden und hatte sich gesteigert, weil sie gehindert und beschränkt wurden war. Er wurde täglich unfolgsamer und verlor sowohl die Gunst des Doktors als der Haushälterin.

Zu gleicher Zeit wurde der Doktor immer wohlhabender und berühmter. Besonders rühmte man seine Geschicklichkeit in Behandlung von Fällen, von denen gar nichts in den Büchern stand. Er hatte verschiedene alte Weiber und junge Mädchen von Bezauberung geheilt, eine schreckliche Krankheit, in jenen Tagen fast so herrschend in der Provinz wie die Wasserscheu in unseren Zeiten. Er hatte soeben eine starke Bauerndirne vollkommen hergestellt, welche krumme Näh- und Stecknadeln ausbrach, was man als ein verzweifeltes Stadium der Krankheit betrachtet. Man flüsterte sich auch zu, daß er die Kunst besitze, Liebespulver zu bereiten, und manche Liebeskranke beider Geschlechter gingen ihn um seinen Rath an. Aber alle diese Fälle bildeten den *geheimen* Theil seiner Praxis, wobei man sich nach dem bekannten Ausdruck auf »Verschwiegenheit und Ehre verlassen konnte«. Dolph mußte deßhalb, wenn immer solche Konsultationen stattfanden, seine Studien einstellen, obschon man sagte, daß er mehr von den Geheimnissen der ärztlichen Kunst durch das Schlüsselloch lernte, als durch alle seine Studien zusammengenommen.

Wie nun der Doktor immer wohlhabender wurde, fing er an, seine Besitzungen zu erweitern und, gleich anderen großen Männern, an die Zeit zu denken, wo er sich auf dem Lande zur Ruhe setzen könne. Zu diesem Zwecke hatte er sich wenige Meilen von der Stadt ein Landgut oder, wie es die holländischen Ansiedler nannten, eine Bowerie gekauft. Es war der Sitz einer wohlhabenden Familie gewesen, die vor einiger Zeit nach Holland zurückgekehrt war. In der Mitte desselben stand ein großes Wohnhaus, noch wohl erhalten, das aber in Folge gewisser Gerüchte nur das verzauberte Haus genannt wurde. Entweder dieser Gerüchte oder seiner wirklichen Unheimlichkeit wegen konnte der Doktor keinen Miethsmann finden; und um es nun nicht verfallen zu lassen und darin einmal wohnen zu können, setzte er einen Bauer mit seiner Familie in einen Flügel, mit der Bedingung, das Landgut gegen einen Antheil am Gewinn zu bebauen.

Der Doktor fühlte sich nun in der ganzen Würde eines Gutsherrn. Er hatte ein wenig von dem deutschen Stolz auf Landbesitz in seinem Charakter und betrachtete sich fast als Besitzer einer Herrschaft. Er begann sich über die Beschwerden seines Geschäfts zu beklagen und liebte es auszureiten, »um seine Saaten zu besehen«. Seine kleinen Reisen aufs Land waren mit einem Geräusch und einem Gepränge verbunden, die in der ganzen Nachbarschaft Aufsehen erregten. Sein glasäugiges Pferd stand, stampfend und die Fliegen abwehrend, eine volle Stunde vor dem Hause. Dann wurde des Doktors Sattelzeug herbeigebracht und aufgelegt. Dann, nach einer kleinen Weile, wurde sein Mantel aufgerollt und mit Riemen festgeschnallt; ferner wurde sein Regenschirm auf den Mantel geschnallt, während ein Haufe zerlumpter Buben, diese neugierige Klasse von Wesen, vor der Thüre versammelt war. Endlich kam der Doktor, in Kourierstiefeln, die ihm bis über die Kniee reichten, und mit einem aufgekrämpten Hut, der bis über die Stirne herab schlappte. Da er ein kurzer, fetter Mann war, so kostete es einige Zeit, ehe er in den Sattel kam, und wenn es so weit war, so brauchte er wieder einige Zeit, den Sattel und die Steigbügel gehörig in Ordnung zu bringen, was Alles die Bewunderung der Straßenjungen erregte. Wenn er sich aufgesetzt hatte, hielt er in der Mitte der Straße still oder trottirte zwei- oder dreimal zurück, um noch einige Befehle zu ertheilen, worauf die Haushälterin von der Thüre, oder Dolph aus dem Studirzimmer, oder die schwarze Köchin aus dem Keller, oder das Stubenmädchen aus dem Dachfenster antwortete. Gewöhnlich wurden ihm zu guter Letzt noch einige Worte nachgerufen, gerade wenn er um die Ecke bog.

Die ganze Nachbarschaft wurde durch dieses Gepränge und diese Umstände in Bewegung gesetzt. Der Schuhflicker verließ seinen Leisten, der Haarkräusler ließ sein frisirtes Haupt mit dem Kamm darin aus der Hand; eine Menge Menschen sammelte sich an des Gewürzkrämers Thüre, und man hörte die Worte von einem Ende der Straße zum andern murmeln: »Der Doktor reite: auf sein Landgut.«

Das waren goldene Augenblicke für Dolph. Kaum war der Doktor aus dem Gesicht, so ruhten Mörser und Mörserkeule, er kehrte dem Laboratorium den Rücken, um für sich selbst zu sorgen, und der Student trieb tolle Streiche.

In der That, man muß gestehen, der junge Bursche, wie er so aufwuchs, war auf dem besten Wege, die Voraussagung des alten kupferigen Herrn zu erfüllen. Er war der Rädelsführer aller Feiertagsspäße und mitternächtlichen Streiche, bereit zu allen Arten von muthwilligen Possen und albernen Abenteuern.

Es giebt nichts Lästigeres als einen Helden von einem kleinen Maßstab oder vielmehr einen Helden in einer kleiren Stadt. Dolph wurde bald der Abscheu aller trägen, alten Bürger, die alles Geräusch haßten und keinen Gefallen am Spaß fanden. Die guten Frauen aber hielten ihn für nicht viel besser als einen ruchlosen Menschen, nahmen, wie die Bruthennen, ihre Töchter unter ihren Schutz, wenn er sich nur blicken ließ, und zeigten ihn ihren Söhnen zur Warnung. Niemand schien ihn viel zu achten, mit Ausnahme der wilden Gesellen des Ortes, die sein offenherziges kühnes Benehmen für ihn einnahm, und der Neger, die immer auf jeden müßigen Taugenichts schauen, als wäre es ein Gentleman. Auch der gute Peter de Groodt, der sich gewissermaßen als einen Patron des Burschen betrachtete, fing an, an ihm zu verzweifeln und schüttelte zweifelhaft den Kopf, als er eine lange Litanei der Haushälterin anhörte und dabei ein Glas von ihrem Himbeerliqueur schlürfte.

Nur seine Mutter ließ trotz aller Verkehrtheit ihres Jungen nicht von ihrer Zuneigung, und ließ sich durch die Erzählungen seiner bösen Streiche, mit welchen ihre guten Freunde sie unablässig regalirten, nicht irre machen. Sie genoß in der That sehr wenig von dem Vergnügen, dessen sich reiche Leute erfreuen, wenn sie ihre Kinder immer loben hören; aber sie betrachtete alle diese üble Nachrede als eine Art von Verfolgung, die er erdulden mußte, und liebte ihn nur um so mehr. Sie sah ihn aufwachsen als einen schönen, schlanken, gut aussehenden Burschen und betrachtete ihn mit dem geheimen Stolz eines mütterlichen Herzens. Es war ihr großer Wunsch, daß Dolph wie ein Gentleman erscheinen sollte, und alles Geld, das sie erübrigen konnte, verwendete sie darauf, seiner Tasche und seiner Garderobe aufzuhelfen. Sie sah nach ihm aus dem Fenster, wenn er in seinem besten Anzug vorbeiging, und das Herz lachte ihr im Leibe. Einmal, als Peter de Groodt an einem schönen Sonntagsmorgen überrascht von seiner netten Erscheinung bemerkte:»Ja, das muß man sagen, Dolph wird ein hübscher Junge!« traten der Mutter die Thränen in die Augen.»Ach, Nachbar, Nachbar«, rief sie:»sie mögen sagen, was sie wollen, der arme Dolph wird noch seinen Kopf so hoch tragen wie die Besten unter seines Gleichen.«

Dolph Heyliger hatte jetzt fast das einundzwanzigste Jahr erreicht, und der Termin seines medicinischen Studiums ging gerade zu Ende; indessen muß man gestehen, daß er von seinem Fache wenig mehr verstand, als damals, wo er zuerst des Doktors Thüre betrat. Dieß entsprang indessen nicht aus Mangel an Verstand, denn er bewies ungewöhnliche Fähigkeiten, sich anderer Zweige des Wissens zu bemeistern, die er nur in Zwischenzeiten studirt haben konnte. Er war z. B. ein tüchtiger Spieler und gewann an den Weihnachtsfeiertagen alle Gänse und Truthühner. Ebenso war er ein geschickter Reiter; er war berühmt als Springer und Ringer; er spielte erträglich die Geige, schwamm wie ein Fisch und war der Erste im Ball- oder Kegelspiel.

Alle diese Talente aber setzten ihn in den Augen des Doktors nicht in Gunst; dieser wurde im Gegentheil immer mürrischer und unerträglicher, je näher der Termin seiner abgelaufenen Lehrzeit rückte. Dazu suchte Frau Ilsy jede Gelegenheit auf, einen Sturmwind ihm um die Ohren sausen zu lassen, und selten traf sie außer dem Hause mit ihm zusammen, ohne ihrer Zungenfertigkeit freien Lauf zu geben, so daß endlich das Klappern ihrer Schlüssel, wenn sie in seine Nähe kam, für Dolph wie das Läuten der großen Glocke klang. Nur die nie verschwindende gute Laune des unbedachtsamen Burschen setzte ihn in den Stand, alle diese häusliche Tyrannei ohne offene Empörung zu ertragen. Es war klar, daß der Doktor und seine Haushälterin daran waren, zur Zeit, wenn der Termin zu

Ende ging, den armen Jungen aus dem Neste zu werfen, ein kurzer Prozeß, dessen sich der Doktor öfter bei unnützen Schülern zu bedienen pflegte.

Wirklich war der kleine Mann in der letzten Zeit in Folge verschiedener Sorgen und Plagen, die ihm aus seinem Landsitze erwuchsen, ungewöhnlich reizbar geworden. Der Doktor wurde häufig durch die über sein altes Haus umgehenden Gerüchte und Erzählungen beunruhigt und fand es schwer, den Landmann und seine Familie zu bewegen, auch unentgeltlich da zu bleiben. Jedesmal, wenn er nach dem Landgut ritt, wurde er durch neue Klagen über seltsame Geräusche und furchtbare Erscheinungen, durch welche die Bewohner bei Nacht geängstigt wurden, belästigt; und der Doktor kam ärgerlich und zornig nach Haus und ließ seine Galle an dem ganzen Haushalt aus. Es war ihm aber der Aerger nicht zu verübeln, denn die Sache ging sowohl seinen Stolz als seinen Beutel an. Es drohte ihm der gänzliche Verlust irgend eines Ertrags seines Eigenthums, und dann, welche Demüthigung für einen Landgutbesitzer, Herr eines verzauberten Hauses zu sein!

Man bemerkte sehr bald, daß der Doktor trotz aller Plagen sich niemals entschloß, in dem Hause selbst zu schlafen; ja er konnte nie dazu beredet werden, auf dem Gut zu bleiben, wenn es dunkel geworden war, sondern trat seinen Rückweg nach der Stadt an, sobald die Fledermäuse anfingen im Zwielicht herumzufliegen. Die Sache war aber die, der Doktor glaubte im Geheimen an Geister, da er den früheren Theil seines Lebens in einem Lande zugebracht hatte, wo sie ganz besonders häufig zu finden waren; ja es wird erzählt, daß, als er noch ein Knabe war, er einmal sogar den Teufel auf dem Harzgebirge in Deutschland gesehen habe.

Endlich kamen des Doktors Aergernisse über diesen Punkt zu einer Krise. Eines Morgens, als er eben halb schlummernd über einem Buch in seinem Studirzimmer saß, fuhr er plötzlich zusammen, weil die Haushälterin hereinstürmte.

»Das ist eine schöne Geschichte«, rief sie, als sie eintrat. »Da ist Claus Hopper mit Sack und Pack von dem Landgut gekommen und schwört, daß er nichts mehr damit zu thun haben wolle. Die ganze Familie hat fast vor Furcht den Verstand verloren, denn es herrscht ein solches Lärmen und Toben in dem alten Hause, daß sie nicht ruhig in ihren Betten schlafen können.«

»Donner und Blitz!« rief der Doktor ungeduldig. »Hat das Geschwätz über das Haus denn kein Ende? Was sind das für Narren! lassen sich von einigen Ratten und Mäusen so in Furcht setzen, daß sie ihre schöne Wohnung aufgeben.«

»Nein, nein«, sagte die Haushälterin, indem sie ihren Kopf schüttelte und beleidigt that, daß man ihre schöne Geistergeschichte in Zweifel zog, »da handelt es sich um etwas Anderes als um Ratten und Mäuse. Die ganze Nachbarschaft spricht von dem Hause und von den Erscheinungen, die darin gesehen worden sind. Peter de Groodt sagt mir, daß die Familie, die Ihnen das Haus verkauft hat und nach Holland gezogen ist, mehre seltsame Anspielungen darüber habe verlauten lassen und geäußert habe: sie wünschte Ihnen viel Glück zu dem Handel, und Sie wissen ja selbst, daß keine Familie darin leben kann.«

»Peter de Groodt ist ein Pinsel, ein altes Weib«, sagte der Doktor empfindlich; »ich will dafür thun, daß er nicht die Köpfe des Volks mit solchen Geschichten anfüllt. Es ist dasselbe wie mit seinem Unsinn von dem Geiste, der auf dem Kirchthurme spuken soll, und womit er sich entschuldigte, daß er nicht in der kalten Nacht, als es in Hermann Brinkerhofs Hause brannte, die Glocke läuten ließ. Schicke Claus zu mir.«

Claus Hopper erschien, ein einfacher Bauernlümmel, voll Ehrfurcht, als er sich in dem Studirzimmer des Doktors Knipperhausen befand, und zu verlegen, daß er in die Einzelheiten der Sache hätte eingehen können, die so viel Unruhe veranlaßt hatte. Da stand er, drehte seinen Hut in einer Hand, stützte sich bisweilen auf ein Bein, zuweilen auf das andere, schaute gelegentlich auf den Doktor und warf hier und da einen furchtsamen Blick auf den Todtenkopf, der ihn oben von der Kleiderpresse anzublicken schien.

Der Doktor versuchte jedes Mittel, um ihn zu bereden, wieder nach dem Landgut zurückzukehren, aber Alles war vergebens; er blieb fest auf seiner Weigerung und erwiderte am Schluß eines jeden Beweises oder jeder Bitte kurz und unbeugsam: »Ich kann nicht, mein Herr.« Der Doktor gehörte unter die kleinen Töpfchen, die bald überlaufen; seine Geduld war durch diese fortgesetzten,

seine Besitzungen betreffenden Quälereien erschöpft. Der hartnä-
ckige Widerstand Claus Hoppers erschien ihm als offenbare Rebel-
lion; sein Zorn wallte auf, und Claus hatte gerade noch Zeit, ihm
durch einen schnellen Rückzug zu entgehen.

Als der Lümmel in das Gemach der Haushälterin kam, traf er da
Peter de Groodt und einige andere Gläubige, die ihn aufzunehmen
bereit waren. Hier hielt er sich schadlos für die Unbilden, die er in
dem Studirzimmer hatte ertragen müssen, und ließ einen Vorrath
von Geschichten über das verzauberte Haus ausströmen, daß alle
seine Zuhörer in Erstaunen geriethen. Die Haushälterin glaubte an
alles, wenn es auch nur war, um den Doktor zu ärgern, weil er ihren
Bericht so unanständig aufgenommen hatte. Peter de Groodt stellte
sie mit manchen Legenden aus den Zeiten der holländischen Dy-
nastie und des Teufels Treppensteinen zusammen; desgleichen mit
dem Seeräuber, der zu Gibbet Island gehängt wurde und des
Nachts sich noch schaukelte, lange nachdem der Galgen schon
weggenommen war; ferner mit dem Geist des unglücklichen Gouverneurs Leisler, der wegen Verraths gehängt worden war und in
der alten Festung und im Gouvernementshause umging. Die
Klatschgesellschaft zerstreute sich, alle voll von schrecklichen Geschichten. Der Küster begab sich zu einer kirchlichen Feier, die an
dem Tage abgehalten wurde, und die schwarze Köchin verließ die
Küche, brachte den halben Tag bei der Straßenpumpe zu, dem
Klatschplatz der Dienerschaften, und theilte die Neuigkeiten Allen
mit, die Wasser zu holen kamen. In kurzer Zeit war die ganze Stadt
voll von Geschichten über das bezauberte Haus. Einige sagten,
Claus Hopper habe den Teufel gesehen, während Andere darauf
anspielten, es mochten die Geister einiger der Patienten umgehen,
die der Doktor aus der Welt spedirt habe, und daß dieß der Grund
sei, weßhalb er es nicht wage, selbst darin zu wohnen.

Alles dieses brachte den kleinen Doktor in eine schreckliche Laune. Er schwur Jedem Rache, der den Werth seines Eigenthums
schmälerte, dadurch daß er das Volksvorurtheil dagegen aufregte.
Er beklagte sich laut, daß er auf solche Weise durch einen bloßen
Popanz aus dem Besitz seines Gutes getrieben werde; heimlich aber
beschloß er, das Haus von dem Geistlichen durch Exorcismus reini-
gen zu lassen. Sehr erleichtert fühlte er sich deßhalb, als mitten in
seinen Verlegenheiten Dolph sich einstellte und sich erbot das ver-

zauberte Haus zu beziehen. Der Bursche hatte auf alle die Geschichten Claus Hoppers und Peter de Groodts gelauscht; er war ein Liebhaber von Abenteuern, hatte das Wunderbare gern, und seine Einbildungskraft wurde ganz aufgeregt durch diese geheimnißvollen Erzählungen. Uebrigens erging es ihm so schlecht bei dem Doktor, und er war einer so unerträglichen Knechtschaft hingegeben, daß er sich der Aussicht freute, ein Haus für sich selbst zu bewohnen, und wäre es auch ein verzaubertes. Sein Anerbieten wurde begierig angenommen, und es wurde beschlossen, er solle noch in derselben Nacht auf Wache ziehen. Die einzige Bedingung, die er machte, war, daß sein Unternehmen vor seiner Mutter geheim gehalten werde, denn er wußte, die arme Seele würde kein Auge schließen, wenn sie erführe, ihr Sohn lasse sich in den Krieg mit den Mächten der Finsterniß ein.

Als die Nacht anbrach, begann er sein gefährliches Unternehmen. Die alte schwarze Köchin, seine einzige Freundin im Hause, hatte ihn mit etwas für den Abendtisch und einem Binsenlicht versehen; auch band sie um seinen Hals ein Amulet, das ihr ein afrikanischer Zauberer als ein Mittel gegen böse Geister gegeben hatte. Dolph wurde auf seinem Wege von dem Doktor und Peter de Groodt begleitet, welche beschlossen hatten, ihn zu dem Hause zu führen und zu sehen, ob er auch gut logirt sei. Die Nacht war eingebrochen, und es war sehr dunkel, als sie in der Gegend ankamen, die das Haus umgab. Der Küster leuchtete mit der Laterne. Als sie längs der Akazienallee gingen, machte das wechselnde, von Busch zu Busch und von Baum zu Baum wandernde Licht den beherzten Peter stutzig und verursachte, daß er auf seine Nachfolger zurückfiel; der Doktor aber hing sich immer fester an Dolphs Arm, indem er bemerkte, der Boden sei sehr schlüpfrig und uneben. Auf einmal wurden sie von einer Fledermaus, die um die Laterne herumflatterte, in Schrecken gesetzt; und das Zirpen der Insekten von den Bäumen und die Frösche von dem nahen Sumpf verursachten ein sehr trauriges und unangenehmes Koncert.

Die Eingangsthüre des Hauses öffnete sich mit einem knarrenden Geräusch, worauf der Doktor bleich wurde. Sie gingen durch einen ziemlich großen Vorsaal, wie sie in amerikanischen Landhäusern üblich sind, wo sie bei warmem Wetter zum Sitzen dienen. Von da stiegen sie eine breite Treppe hinauf, die bei jedem Fußtritt stöhnte und krachte, so daß jeder Tritt einen besonderen Ton gab, wie die Griffe eines Klaviers. Diese führte zu einem andern Saal im zweiten Stock, von wo sie in das Zimmer traten, in welchem Dolph schlafen sollte. Es war groß und ärmlich ausmöblirt; die Fensterläden waren verschlossen; da sie zum Theil zerbrochen waren, fehlte es nicht an hinreichender Luftzufuhr. Es schien das geheiligte Zimmer gewesen zu sein, welches bei den holländischen Hausfrauen unter dem Namen »das beste Schlafzimmer« bekannt ist; es ist der am besten möblirte Ort des Hauses, an welchem man aber kaum je Jemand erlaubt zu schlafen. Sein Glanz freilich war für immer dahin. Es befanden sich noch einige wenige zerbrochene Möbel darin, und in der Mitte stand ein schwerer Tisch und ein großer Armsessel; beide sahen aus, als wären sie so alt als das Haus selbst. Der Kamin war breit und mit holländischen Ziegelsteinen eingefaßt, die Scenen aus der heiligen Schrift vorstellten; einige von ihnen waren herausgefallen und lagen auf dem Herd zerstreut. Der Küster trug das Binsenlicht, und der Doktor, der sich furchtsam in dem Zimmer umsah, wollte soeben Dolph ermahnen, guten Muthes zu sein und Courage zu zeigen, als ein Geräusch im Kamin, gleich Stimmen oder einem Kampf, den Küster plötzlich in großen Schrecken versetzte. Er nahm mit seiner Laterne das Hasenpanier; der Doktor folgte ihm hart auf der Ferse; die Treppen stöhnten und krachten, als sie eilig hinunter stürzten, und vermehrten noch ihre Unruhe und ihre Eile durch ihr Geräusch. Die Eingangsthüre schlugen sie hinter sich zu, und Dolph hörte sie die Allee hinab stolpern, bis sich endlich der Ton von ihren Fußtritten in der Entfernung verlor. Daß er diesen schnellen Rückzug nicht mitmachte, mochte daher kommen, daß er ein wenig mehr Muth hatte als seine Begleiter, oder vielleicht daher, daß er die Ursache ihres Schreckens auffand, nämlich ein Nest von Mauerschwalben, die herunter auf den Feuerplatz fielen.

Nunmehr sich selbst überlassen, verwahrte er die Eingangsthüre durch einen starken Balken und Riegel; und nachdem er sich überzeugt hatte, daß auch die anderen Eingänge gut befestigt waren, kehrte er zu seinem einsamen Zimmer zurück. Nachdem er sein Abendmahl zu sich genommen hatte, das ihm die gute alte Köchin in einem Korbe mitgegeben hatte, schloß er die Zimmerthüre und legte sich auf eine Matratze in einem Winkel zur Ruhe. Die Nacht war ruhig und stille, und nichts unterbrach die tiefe Stille, als das einsame Zirpen einer Grille von dem Kamin eines entfernten Zimmers. Das Binsenlicht, welches in der Mitte des hölzernen Tisches stand, verbreitete nur wenige schwache, das Zimmer nur matt erleuchtende Strahlen und verursachte in Folge der Kleidungsstücke, die Dolph über einen Sessel gelegt hatte, sonderbare Gestalten und Schatten an den Wänden.

Bei aller Zuversicht seines Herzens lag doch etwas Niederdrückendes in dieser nächtlichen Scene, und während er auf seinem harten Bette lag und sich im Zimmer umsah, fühlte er seine Gemüthsstimmung beunruhigt. Er ließ in seiner Seele seine eitlen Gewohnheiten und seine ungewissen Aussichten die Revue passiren und holte hier und da einen tiefen Seufzer, wenn er an seine arme alte Mutter dachte; denn es giebt nichts, was so leicht dunkle Schatten auf das klarste Gemüth wirft, als die Stille und die Einsamkeit der Nacht. Bald meinte er einen Ton zu hören, als wenn Jemand die Treppe herunter ginge. Er lauschte und hörte deutlich einen Fußtritt auf der großen Haupttreppe. Es näherte sich langsam und feierlich, Trapp – Trapp – Trapp! Offenbar war es der Fußtritt einer schweren Person; und doch wie konnte sie in das Haus gekommen sein, ohne ein Geräusch zu veranlassen? Er hatte alle Befestigungsmittel untersucht und war überzeugt, daß alle Eingänge verwahrt waren. Noch immer schritt es die Treppe herunter, Trapp – Trapp – Trapp! Es war klar, daß die nahende Person kein Räuber sein konnte, der Fußtritt war zu laut und vorsichtig; ein Räuber würde sich entweder still oder eilig benommen haben. Jetzt waren die Tritte die Treppe herunter gekommen; sie schritten langsam längs des Ganges fort und hallten durch die stillen und einsamen Gemächer. Die Grille hatte ihr melancholisches Zirpen eingestellt, und nichts unterbrach die traurige Stille. Die Thüre, die von innen verschlossen war, sprang langsam von selbst auf. Die Fußstapfen schritten in das Zimmer, aber Niemand war zu sehen. Sie schritten langsam und vernehmlich durch dasselbe, Trapp – Trapp – Trapp! aber was den Ton verursachte, war unsichtbar. Dolph rieb sich die Augen und starrte um sich. Er konnte jeden Gegenstand des matt erleuchteten Zimmers sehen; Alles war leer; aber immer hörte er noch die geheimnißvollen Fußtritte durch das Zimmer schreiten. Jetzt hörten sie auf, und Alles war todtenstille. Es lag etwas Schrecken Erregenderes in diesem unsichtbaren Besuch, als in irgend etwas, was sich dem Sehvermögen dargeboten hätte. Es war feierlich leer und nicht zu beschreiben. Er fühlte sein Herz schlagen; der kalte Angstschweiß brach auf seiner Stirne aus, und er lag einige Zeit in einem Zustande heftiger Erschütterung; jedoch ging nichts vor, was seine Besorgniß hätte steigern können. Sein Licht brannte nach und nach in den Leuchter herab, und er fiel in Schlaf. Als er erwachte, war es helles Tageslicht; die Sonnenstrahlen drangen durch die Spalten der Fensterladen, und die Vogel sangen lustig um das Haus. Der schöne heitere Tag verscheuchte bald alle Schrecken der vorhergehenden Nacht. Dolph lachte oder versuchte wenigstens zu lachen über Alles das, was vorgegangen war, und er suchte sich selbst zu überreden, daß es blos ein Gespinnst seiner Einbildungskraft, heraufbeschworen durch die Geschichten, die er gehört hatte, gewesen sei; jedoch war er ein wenig verwirrt, als er fand, daß die Thüre an der innern Seite verschlossen war, während er doch auf das Bestimmteste gesehen hatte, daß sie sich öffnete, als die Fußtritte hereintraten. Er kehrte in einem Zustand von bedeutender Unruhe zur Stadt zurück, beschloß aber nichts von der Sache zu sagen, bis seine Zweifel durch eine zweite Nachtwache bestätigt oder beseitigt wären. Sein Stillschweigen war für die Klätscherinnen, die sich vor der Thüre des Doktors versammelt hatten, eine schmerzliche Enttäuschung. Sie hatten erwartet, schreckliche Geschichten zu hören, und geriethen schier in Zorn, als man ihnen versicherte, er habe nichts zu erzählen.

In der nächsten Nacht wiederholte Dolph seine Nachtwache. Er trat mit einigem Zittern in das Haus. Sehr genau untersuchte er die Befestigungen an allen Thüren und verschloß sie gut. Er schloß die Thüre seines Zimmers und stellte einen Stuhl an sie; als er dann seine Abendmahlzeit zu sich genommen, legte er sich auf seine Matratze und versuchte zu schlafen. Aber Alles war vergebens; tausend sonderbare Phantasien hielten ihn wach. Die Zeit schleppte sich so langsam hin, als wenn die Minuten zu Stunden würden. Als die Nacht herankam, wurde er immer reizbarer, und er fuhr von seinem Lager auf, als er wieder die geheimnißvollen Fußtritte auf der Treppe hörte. Sie kamen herab wie zuvor, feierlich und langsam, Trapp – Trapp – Trapp! Sie näherten sich längs des Ganges; die Thüre sprang wieder auf, als wenn kein Schloß, noch ein sonstiges Hinderniß da wäre, und eine seltsam aussehende Gestalt schritt in das Zimmer. Es war ein ältlicher, großer, starker Mann, in altflämischer Weise gekleidet. Er trug eine Art kurzen Mantel mit einem Rock darunter, welcher den Leib umgab, Pluderhosen mit großen Büscheln oder Schleifen an den Knieen und ein Paar braune Stiefeln, die oben sehr groß waren und weit von den Beinen abstanden. Sein Hut war breit und hing herab, mit einer Feder auf einer Seite. Sein eisengraues Haar hing in dichten Massen um seinen Nacken, und er hatte einen kurzen grauen Bart. Er ging langsam im Zimmer umher, als wenn er sehen wollte, ob Alles in Ordnung wäre; dann hing er seinen Hut an einen Pflock an der Thüre, setzte sich in den Armstuhl und lehnte seinen Ellbogen auf den Tisch; dabei richtete er seine Augen mit unbeweglichem und tödtendem Blick auf Dolph.

Dolph war von Natur keine feige Memme, aber er war in dem Glauben an Geister und Gespenster aufgewachsen. Tausend Geschichten, die er von diesem Hause gehört hatte, schwärmten ihm im Kopfe herum; und als er auf diese seltsame Person mit ihrer sonderbaren Tracht, ihrem bleichen Gesicht, ihrem grauen Bart und ihrem starren, fischähnlichen Auge blickte, klapperten ihm die Zähne, sträubten sich seine Haare, und es brach ein kalter Schweiß über seinem ganzen Körper aus. Wie lange er in diesem Zustande blieb, konnte er nicht sagen, denn er war wie bezaubert. Er konnte seinen Blick nicht von dem Gespenst abwenden, sondern lag da und starrte nach ihm; seine ganze Seele wurde von dem Anblick in Anspruch genommen. Der alte Mann blieb hinter dem Tische sitzen, ohne sich zu bewegen oder ein Auge wegzuwenden, immer einen todten, anhaltenden Blick auf Dolph gerichtet. Endlich erhob der Haushahn eines benachbarten Landgutes seine Schwingen und krähte so laut und fröhlich, daß man es über die Felder herüber hörte. Bei diesem Ton stand der alte Mann langsam auf und nahm seinen Hut von dem Pflock, die Thüre öffnete und schloß sich hinter ihm; man hörte, wie er langsam die Treppe hinaufschritt, Trapp – Trapp – Trapp! – und als er oben angekommen war, war Alles wieder stille. Dolph lag und lauschte aufmerksam; er zählte jeden Fußtritt; er lauschte und lauschte, ob die Fußtritte nicht wieder kämen, bis er erschöpft durch Wachen, und Aufregung endlich in unruhigen Schlaf verfiel.

Das Tageslicht brachte wieder frischen Muth und Vertrauen. Er würde Alles, was vorgegangen war, gerne für einer bloßen Traum gehalten haben; aber da stand der Stuhl, in dem der Unbekannte gesessen hatte; da war der Tisch, an dem er gelehnt hatte; da der Pflock, an den er seinen Hut gehängt hatte; und da die Thüre, ganz so verschlossen, wie er sie selbst verschlossen hatte, mit dem Stuhl daran. Er eilte die Treppe hinab, um die Thüren und Fenster zu untersuchen; alle waren genau in dem Zustande, in dem er sie verlassen hatte; und es fand sich kein Weg, auf welchem irgend ein Wesen hineingekommen und das Haus wieder verlassen haben konnte, ohne Spuren zurückzulassen. »Pah!« sagte Dolph zu sich, »es war Alles nur ein Traum« – aber damit war es nicht gethan; je mehr er die Scene aus seiner Seele zu verscheuchen suchte, desto mehr wurde er davon ergriffen.

Obgleich er über Alles, was er gesehen oder gehört hatte, ein strenges Stillschweigen beobachtete, so verriethen doch seine Blicke die unruhige Nacht, die er zugebracht hatte. Es war offenbar, daß hinter diesem geheimnißvollen Benehmen etwas Wunderbares verborgen lag. Der Doktor nahm ihn in sein Studirzimmer, schloß die Thüre und suchte zu einem offenen und vertraulichen Gespräch zu gelangen; aber er konnte nichts aus ihm herauskriegen. Frau Ilsy führte ihn in die Speisekammer, aber mit ebenso wenig Erfolg; und Peter de Groodt hielt ihn eine volle Stunde am Knopf auf dem Kirchhof, dem rechten Platz, um einer Geistergeschichte auf den Grund zu kommen; aber er kam nicht einen Schritt weiter als die Uebrigen. Es trifft sich indessen immer, daß eine verhehlte Wahrheit ein Dutzend Lügen in Umlauf setzt. Bevor der Tag vorüber war, war auch die Nachbarschaft voll von Berichten. Einige erzählten, Dolph Heyliger wache in dem Hause mit Pistolen, die mit silbernen Kugeln geladen seien; Andere, er habe ein langes Gespräch mit einem Geiste ohne Kopf gehabt; wieder Andere, der Doktor Knipperhausen und der Küster seien bis in das Bowerygäßchen und von da in die Stadt von Geistern gejagt worden. Einige schüttelten die Köpfe und hielten es für eine Schande, daß der Doktor den Dolph in der Nacht allein in diesem verrufenen Hause zubringen ließ, wo er verschwinden könne, man wisse nicht wohin, während Andere mit Achselzucken bemerkten, daß, wenn der Teufel den Burschen hole, er nur einen aus seiner eigenen Familie bekomme.

Endlich kamen diese Gerüchte auch der guten Dame Heyliger zu Ohren und setzten sie, wie man sich leicht einbilden kann, in schreckliche Unruhe. Wäre ihr Sohn mit lebenden Feinden in Konflikt gekommen, so wäre das in ihren Augen nicht so schrecklich gewesen, als daß er allein den Schrecknissen eines verzauberten Hauses Trotz bieten sollte. Sie eilte zu dem Doktor und brachte einen großen Theil des Tages damit zu, Dolph von einer nochmaligen Nachtwache abzureden; sie theilte ihm ein ganzes Register von Geschichten mit, welche ihr soeben ihre schwatzhaften Freundinnen erzählt hatten, von Personen, die verschwunden waren, als sie allein in einem alten baufälligen Hause gewacht hatten. Aber es war Alles vergeblich. Dolphs Stolz sowohl als seine Neugierde waren gereizt. Er suchte die Furcht seiner Mutter zu beschwichtigen und ihr zu versichern, daß alle die Gerüchte, die ihr zu Ohren gekommen, nicht wahr seien; sie blickte ihn voll Zweifel an und schüttelte ihren Kopf; als sie aber fand, daß sein Entschluß nicht zu beugen war, brachte sie ihm eine dicke holländische Bibel mit messingenen Ecken, um sie als ein Schwert gegen die Mächte der Finsterniß zu gebrauchen; und falls das noch nicht hinreichend sein sollte, gab ihm die Haushälterin zum Ueberfluß noch einen Heidelberger Katechismus als Waffe mit.

In der nächsten Nacht schlug er nun seine Wohnstätte zum dritten Male in dem alten Hause auf. Gleichviel, ob Traum oder nicht, die Sache wiederholte sich abermals. Gegen Mitternacht, wo Alles still war, hallte derselbe Ton durch die leeren Hallen wieder, Trapp – Trapp – Trapp! Es stieg wieder die Treppe herab, die Thüre ging wieder auf, – der alte Mann kam herein, ging im Zimmer umher, hing seinen Hut auf und setzte sich an den Tisch. Ueber den armen Dolph kam dieselbe Furcht und dasselbe Zittern, doch nicht in so heftigem Grade. Er lag da, bewegungslos und wie verzaubert, starrte nach der Gestalt hin, die ihrerseits ihn, wie früher, mit einem todten, starren, kalten Blick ansah. In dieser Stellung blieben sie lange Zeit, bis allmählig Dolphs Muth wieder aufzuleben begann. Ob lebend oder todt, dieß Wesen mußte auf alle Fälle einen Zweck bei seinem Besuche haben, und er erinnerte sich gehört zu haben, daß Geister keine Macht zu sprechen hätten, wenn sie nicht angesprochen würden. Er kam daher zu einem Entschluß und machte zwei oder drei Versuche, bis er seine trockene Zunge in Bewegung setzen konnte. Er sprach den Unbekannten in der feierlichsten Form einer Beschwörung an und fragte ihn, was der Zweck seines Besuches sei.

Er hatte kaum geendet, als der alte Mann aufstand, seinen Hut nahm, die Thüre öffnete und hinausging. Dabei blickte er, gerade als er die Schwelle überschritt, zurück auf Dolph, als wenn er erwartete, daß er ihm folge. Der Bursche war keinen Augenblick unschlüssig. Er nahm das Licht in die Hand, die Bibel unter den Arm und gehorchte der stillen Einladung. Das Licht verbreitete zwar nur einen schwachen, ungewissen Schein, aber er konnte doch noch die Gestalt langsam die Treppe heruntergehen sehen. Zitternd folgte er. Als sie die unterste Treppe erreicht hatten, wendeten sie sich durch die Halle gegen die hintere Thüre des Hauses. Dolph hielt das Licht über das Geländer, aber in seinem Ungestüm, den Unbekannten aus dem Gesicht zu verlieren, flackerte die Flamme so arg, daß sie ausging. Indessen gaben die bleichen Mondstrahlen, die durch ein schmales Fenster fielen, noch hinreichendes Licht, um ihm eine unbestimmte Ansicht von der Gestalt in der Nähe der Thüre zu verschaffen. Er ging daher mit die Treppe herunter und wendete sich nach dem freien Platz; als er aber da ankam, war der Unbekannte verschwunden. Die Thüre blieb fest verriegelt, es war kein anderer Weg vorhanden, hinauszukommen; jedoch das Wesen, was es auch sein mochte, war fort. Er suchte die Thüre zu öffnen und sah hinaus auf die Felder. Es war eine nebelige, vom Monde beleuchtete Nacht, so daß das Auge Gegenstände in einiger Entfernung noch unterscheiden konnte. Er glaubte den Unbekannten auf einem Fußpfad zu sehen, der von der Thüre wegführte. Es war kein Irrthum, aber wie war er aus dem Hause gekommen? Er dachte nicht weiter darüber nach, sondern folgte. Der alte Mann ging in gemessenem Schritte vorwärts, ohne sich umzusehen; man hörte seine Fußtritte auf dem harten Boden. Er ging durch den Obstgarten, immer den Fußpfad einhaltend. Er führte zu einer Quelle, die in einer kleinen Höhle lag und das Landgut mit Wasser versah. Gerade an dieser Quelle verlor ihn Dolph aus dem Gesichte. Er rieb sich die Augen und schaute mehrmals hin, aber es war nichts von dem Unbekannten zu sehen. Er kam zu der Quelle, aber auch hier war Niemand. Der ganze Boden in der Umgegend war offen und rein; kein Busch und kein Platz zum Verstecken war da. Er sah in die

Quelle und bemerkte in großer Tiefe den Widerschein des Himmels in dem ruhigen Wasser. Nachdem er hier einige Zeit verweilt hatte, ohne etwas weiter von seinem geheimnißvollen Führer gesehen oder gehört zu haben, kehrte er voll Furcht und Bewunderung nach dem Hause zurück. Er verriegelte die Thüre, tappte im Finstern nach seinem Bette, konnte sich aber lange nicht fassen und einschlafen.

Er hatte seltsame und beunruhigende Träume. Es war ihm, als folgte er dem alten Mann längs dem Ufer eines großen Stromes, bis sie an ein Schiff kamen, das eben unter Segel gehen wollte. Er wußte noch, daß ihn sein Führer an Bord geleitete und dann verschwand. Er erinnerte sich auch des Schiffskapitäns, eines kurzen Mannes, mit krausen schwarzen Haaren, auf einem Auge blind und auf einem Beine lahm; der Rest seines Traumes war sehr verwirrt. Bisweilen war er auf der See, bisweilen an der Küste; jetzt unter Stürmen und Ungewitter, und dann wieder auf der Wanderung durch unbekannte Straßen. Die Gestalt des alten Mannes vermischte sich seltsam mit den Vorgängen im Traume; und das Ganze schloß damit ab, daß er sich wieder an Bord des Schiffes befand und mit einem großen Beutel voll Geld nach Hause zurückkehrte.

Als er erwachte, überzog eine erfrischende Dämmerung den Horizont und die Hähne verkündigten die Reveille von Landgut zu Landgut, durch die ganze Gegend. Er stand auf, ermüdeter und verworrener als je. Er war heftig bestürzt über Alles, was er gesehen und geträumt hatte, und begann zu zweifeln, ob er auch bei Sinnen sei, und ob nicht Alles, was in seiner Seele vorging, blos die Folge einer Fieberphantasie sei. Bei seinem gegenwärtigen Gemütszustand fühlte er sich nicht aufgelegt, unmittelbar zu dem Doktor zurückzukehren und sich den Forschungen des ganzen Haushaltes zu unterwerfen. Er genoß daher von den Ueberresten der vorhergehenden Nacht noch sein Frühstück und wanderte dann in die Felder, um über alles Das, was ihm begegnet war, nachzudenken. In Gedanken verloren, streifte er umher, sich nach und nach der Stadt nähernd; es war schon fast gegen Mittag, als er durch eine Bewegung und durch einen Lärm in seiner Nähe aufmerksam gemacht wurde. Er befand sich in der Nähe der Küste, in einem Volksgedränge, das zu einem Damm eilte, wo gerade ein Fahrzeug im Begriff stand, unter Segel zu gehen. Unbewußt wurde er durch die

Menge mit fortgeschoben und fand, daß es eine Schaluppe war, die eben bereit war, auf dem Hudson nach Albany zu segeln. Alle Frauen und Kinder nahmen Abschied und küßten sich, und es herrschte große Thätigkeit, Körbe mit Brod und Kuchen und Vorräthe aller Art an Bord zu bringen, ungerechnet die mächtigen Fleischstücke, die an dem hinteren Theil des Schiffes hingen; denn eine Reise nach Albany war in damaliger Zeit ein Unternehmen von großer Wichtigkeit. Der Kapitän des Fahrzeuges war eilig und ertheilte eine Masse von Befehlen, die aber eben nicht sehr strenge beachtet wurden, denn Einer war beschäftigt, seine Pfeife anzuzünden, ein Anderer sein Messer scharf zu machen.

Die Erscheinung des Kapitäns erregte mit einem Male Dolphs Aufmerksamkeit. Er war kurz und schwärzlich, mit krausem schwarzen Haare; auf einem Auge blind und auf einem Beine lahm – derselbe Kapitän, den er in seinem Traum gesehen hatte! Ueberrascht und voll Staunen betrachtete er sich die Scene aufmerksamer und erinnerte sich immer mehrer Bilder seines Traumes; die Erscheinung des Fahrzeuges, des Flusses und eine Menge anderer Gegenstände stimmten vollkommen mit den unbestimmten Bildern, die aus seiner Erinnerung auftauchten, überein.

Als er so über diese Umstände nachdenkend dastand, rief ihm der Kapitän plötzlich auf holländisch zu: »Geht an Bord, junger Mann, oder man wird Euch zurücklassen!« Er stutzte bei dieser Aufforderung; er sah, daß die Schaluppe die Anker lichtete und sich vom Damme wegbewegte. Es schien, als wenn er von einer unwiderstehlichen Gewalt getrieben wurde; schnell sprang er auf das Verdeck, und im nächsten Augenblicke wurde die Fregatte durch den Wind und die Fluth in Bewegung gesetzt. Dolphs Gedanken und Gefühle waren ganz in Aufruhr und Verwirrung. Er hatte sich bei den Vorfällen, die ihm jüngst begegnet waren, kräftig benommen, und er konnte nicht anders denken, als es müsse ein gewisser Zusammenhang zwischen seiner gegenwärtigen Lage und seinem letzten nächtlichen Traume bestehen; und er tröstete sich mit einem alten Lieblingsgrundsatze, daß »ein Weg oder der andere, alle zum Besten führen«. Einen Augenblick lang ging ihm der Unwille des Doktors über seine Abreise ohne Abschied durch den Kopf, aber die Sache war ohne Bedeutung; dann dachte er an den Kummer seiner Mutter über seine ungewöhnliche Abreise, und der Gedanke versetzte ihn plötzlich in Angst; er würde gebeten haben, ihn an der Küste auszusetzen, aber er wußte, daß bei solchem Wind und solcher Fluth die Bitte vergeblich gewesen sein würde. Dann stürmte wieder die Liebe zum Neuen und zu Abenteuern in voller Fluth durch seine Seele; er fühlte sich wunderbar und plötzlich an die Welt gekettet und auf dem geraden Wege, die Gegenden und Wunder, welche über diesen mächtigen Strom und die blauen Gebirge, die seit seiner Kindheit seinen Horizont begränzt hatten, zu erforschen. Während er in diesem Strudel von Gedanken befangen war, spannten sich die Segel vom Winde, die Küsten schienen hinter ihm zu fliehen, und ehe er vollkommen wieder sich zu beherrschen vermochte, war die Schaluppe schon an Spikingdevil und an den Yonkershügeln vorbeigesegelt, und der höchste Schornstein von Manhattoes war seinen Blicken entschwunden.

Ich habe gesagt, eine Reise auf dem Hudson sei in diesen Tagen ein Unternehmen von einiger Bedeutung gewesen; sie bedeutete ebenso viel als jetzt eine Reise nach Europa. Die Schaluppen waren oft viele Tage unterwegs; die vorsichtigen Schiffer segelten, wenn eine frische Breeze wehte, und legten Nachts vor Anker; sie hielten an, um Boote ans Land zu setzen, um Milch und Thee zu holen; ohne dieß war es den würdigen alten Damen, die mitreisten, unmöglich zu subsistiren. Da waren aber auch noch die vielbesprochenen Gefahren der Tapan Zee und die Hochlande.[1] Kurz, ein kluger holländischer Bürger sprach sonst Monate, ja Jahre lang von einer solchen Reise und unternahm sie nie, ohne zuvor seine Geschäfte in Ordnung zu bringen, und ohne daß Gebete für ihn in den holländischen Kirchen abgehalten wurden.

Im Verlauf einer solchen Reise war deßhalb Dolph zufrieden, hinreichende Zeit zum Nachdenken zu finden und zu überlegen, was er thun solle, wenn er in Albany ankäme. Der Kapitän mit seinem blinden Auge und seinem lahmen Beine brachte ihm seinen seltenen Traum wieder in Erinnerung und beunruhigte ihn auf einige Augenblicke; aber sein Leben hatte ihm vor Kurzem so viele Träume und Wirklichkeiten vorgeführt, seine Tage und Nächte waren so zusammengewürfelt, daß er sich immer um eine Täuschung zu

---

[1] Seeartige Erweiterung des untern Hudson. Die »Hochlande« (Highlands), großartige Gebirgsgegend am Hudson.

drehen schien. Indessen findet sich immer eine Art flüchtigen Trostes in einem Menschen, der nichts in der Welt zu verlieren hat; damit stärkte Dolph sein Herz und beschloß, so viel als möglich die Gegenwart zu genießen.

Am zweiten Tag ihrer Reise gelangten sie zu den Hochlanden. Es war der Rest eines ruhigen, schwülen Tages, als sie ruhig mit der Fluth zwischen diese schrecklichen Gebirge dahin schifften. Es herrschte die vollkommene Ruhe, welche sich über die Natur in den trägen und heißen Sommertagen verbreitet; das Umdrehen einer Diele, oder das zufällige Herabfallen eines Ruders auf das Verdeck tönte von der Seite der Gebirge wider und schallte längs der Küsten; und wenn zufällig der Kapitän einen Kommandoruf ertönen ließ, ahmten es luftige Zungen von jeder Klippe nach.

Dolph sah in stiller Wonne und Bewunderung auf diese prachtvollen Naturscenen. Zur Linken erhob der Dunderberg seine waldigen Abgründe, Gipfel über Gipfel, Forst über Forst, in den tiefen Sommerhimmel. Zur Rechten starrte das Vorgebirge der Antonius-Nase mit einem einsamen, um ihn fliegenden Adler hervor, während jenseits Berg auf Berg folgte, bis sie ihre Arme zusammenzuschließen und diesen mächtigen Strom in sie zu fassen schienen. Man hatte ein ruhiges wollüstiges Gefühl, wenn man auf die breiten grünen Buchten sah, die hier und da unter den Abgründen ausgehöhlt waren; oder auf das Waldland hoch oben in der Bucht, das über den Rand einer Klippe herüber nickte und seine Blätter in dem Sonnenschein ausbreitete.

Mitten in seiner Bewunderung bemerkte Dolph einen Haufen glänzender, über die westlichen Höhen zum Vorschein kommender Schneewolken. Auf sie folgten andere und wieder andere, so daß jede ihren Vorgänger vorwärts zu treiben schien und mit blendendem Glanz in die tiefe blaue Atmosphäre sich verlor; auch hörte man jetzt den grollenden Donner schwach hinter den Gebirgen rollen. Der Fluß, der bisher ruhig und gläsern war und die Bilder des Himmels und des Landes widerspiegelte, sah jetzt, wo der Wind ihm näher kam, in der Entfernung aus wie ein dunkler Pfuhl. Die Fischreiher schweiften umher und kreischten und suchten ihre Nester auf den Gipfeln dürrer Bäume; die Krähen flogen schreiend in die Felsenritzen, und die ganze Natur schien eine Vorahnung von dem nahenden Gewitter zu haben.

Die Wolken rollten jetzt in dichten Massen über die Gipfel der Gebirge, deren Höhen immer hell und beschneit, die unteren Theile aber von einer Dintenschwärze waren. Der Regen fing an in starken und mächtigen Tropfen herabzufallen; der Wind wurde kälter und kräuselte die Wogen; endlich schien es, als wenn die schwellenden Wolken durch die Gipfel der Gebirge aufgeschlossen wurden, und ganze Regenströme fielen mit Geprassel herab. Die Blitze sprangen von Wolke zu Wolke, brachen sich mächtig gegen die Felsen und zersplitterten und zerrissen die stärksten Waldbäume. Der Donner ließ sich in dröhnenden Explosionen hören; der Schall hallte von Gebirg zu Gebirg wider; er krachte auf dem Dunderberg und rollte längs der Kette der Hochlande; jedes Vorgebirge brachte ein neues Echo hervor, bis der alte Bull-Hill den Sturm zurückzudrängen schien.

Eine Zeitlang verbarg das dahin streichende Gewölk sowie der Nebel und anhaltende Regen die Landschaft dem Auge. Es herrschte eine furchtbare Dunkelheit, die noch furchtbarer wurde durch die Ströme von Blitzen, welche unter dem Regen glänzten. Nie hatte Dolph einen solchen absoluten Kampf der Elemente gesehen; es schien, als wenn der Sturm tobte und seinen Weg durch dieses Berg-Defilé nähme und die ganze Artillerie des Himmels ins Treffen geführt hätte.

Das Fahrzeug wurde durch den wachsenden Wind immer vorwärts getrieben, bis sie dahin gelangten, wo der Fluß eine plötzliche Krümmung macht, die einzige in seinem ganzen majestätischen Lauf. Gerade als sie diesen Punkt berührten, entstand ein heftiger Windstoß, stürzte ein Felsstück hervor, dämmte den Wald vor ihm und peitschte in einem Augenblick den Fluß zu weißem Schaum und Gischt. Der Kapitän sah die Gefahr und rief, man solle die Segel reffen. Ehe der Befehl ausgeführt werden konnte, traf der Windstoß die Fregatte und zog sie an ihrem Balkenende. Alles war jetzt in Furcht und Verwirrung; das Schlagen der Segel, das Pfeifen und Rauschen des Windes, das Schreien des Kapitäns und des Schiffsvolkes, das Kreischen der Passagiere, Alles mischte sich mit dem Rollen und Brüllen des Donners. Mitten in dem Aufruhr richtete sich die Fregatte auf; in der nämlichen Zeit nahm das Hauptsegel eine andere Richtung, die Querstenge wurde auf das Quarterdeck geschleudert, und Dolph, der unvorsichtig nach den Wolken sah, wurde plötzlich in den Fluß geschleudert.

Eine seiner unnützen Fertigkeiten kam ihm jetzt zu statten. Die vielen müßigen Stunden, die er darauf verwendet hatte, in dem Hudson seine Spiele zu treiben, hatten ihn zu einem vollkommenen Schwimmer gemacht; aber bei aller Stärke und Geschicklichkeit machte es ihm doch große Schwierigkeiten, das Ufer zu erreichen. Sein Verschwinden von dem Deck war von den Schiffsleuten nicht bemerkt worden, da sie alle mit ihrer eigenen Rettung beschäftigt waren. Die Fregatte wurde mit unbegreiflicher Schnelligkeit fortgetrieben. Sie hatte eine schwere Aufgabe, sich an einem Vorgebirge an der östlichen Küste durchzuarbeiten, um welches der Fluß sich drehte, und welches sie vollkommen von Dolph abschloß.

Endlich kam er an der westlichen Küste ans Land, kletterte auf die Felsen und schwang sich, ermattet und erschöpft, an den Fuß eines Baumes. Nach und nach ließ der Gewittersturm nach. Die Wolken zogen nach Osten, wo sie in federartigen Massen angehäuft lagen, von den letzten rosigen Strahlen der Sonne vergoldet. Man sah die entfernten Blitze auf dunklem Grunde ihr Spiel treiben, und hier und da hörte man noch das schwache Grollen des Donners. Dolph erhob sich und suchte umher, ob nicht irgend ein Pfad von der Küste wegführte, aber Alles war wild und unbetreten. Die Felsen waren über einander gehäuft; große Bäume lagen zerstreut umher; sie waren entweder durch die heftigen Winde, welche diese Gebirge durchzogen, niedergeworfen worden, oder waren vor Alter gefallen. Die Felsen waren von wildem Wein oder Strauchwerk behangen, die sie vollkommen zusammenflochten und allen Durchgang verwehrten; jede Bewegung, die er machte, schüttelte einen Regenschauer von dem triefenden Laub. Er versuchte eine von diesen fast senkrechten Höhen zu ersteigen; aber, so stark und behend er war, erkannte er es doch als ein herkulisches Unternehmen. Oefters wurde er blos durch die zerbröckelten Felsenvorsprünge gehalten, und bisweilen hing er an Baumwurzeln und Aesten, so daß er fast in der Luft schwebte. Die Holztauben kamen in eiliger Flucht zu ihm, und der Adler kreischte von dem Gipfel einer herabhängenden Klippe. Während er so kletterte und im Begriff stand, einen

Busch zu ergreifen, um daran aufzusteigen, raschelte etwas unter den Blättern, und er erblickte eine Schlange, schnell wie der Blitz, fast unter seiner Hand hingleiten. Sie wickelte sich augenblicklich zu einer kämpfenden Stellung auf, mit plattem Kopfe, aufgerissenem Rachen und schnell sich bewegender Zunge, die wie eine kleine Flamme um ihren Mund spielte. Dolph war der Ohnmacht nahe, er mußte seine Stütze fahren lassen und fiel in den Abhang herunter. Eine Zeitlang hielt sich die Schlange in einer vertheidigenden Stellung, da sich aber keine Veranlassung zum Angriff zeigte, glitt sie in einen Felsenspalt. Dolphs Augen folgten ihr auf dem Fuße; da sah er ein Nest von Nattern, die zusammen geknotet und gedreht waren und in einer Kluft zischten. Er eilte, so viel er konnte, um von einer so furchtbaren Nachbarschaft loszukommen. Seine Einbildungskraft, mit diesem neuen Schrecken erfüllt, erblickte in jeder Weinranke eine Natter und sah in jedem trockenen und rasselnden Blatt den Schweif einer Klapperschlange.

Endlich gelang es ihm, auf die Höhe eines Abhanges zu klettern; aber sie war ganz von einem dichten Wald bedeckt. Wo er auch zwischen den Bäumen hinaus schauen konnte, sah er Höhen und Klippen, eine sich über die andere erheben, bis ungeheure Gebirge das Ganze überbrückten. Nirgends fanden sich Zeichen von Kultur, oder etwa Rauch, der sich unter den Bäumen kräuselnd verloren hätte, um eine menschliche Wohnung anzudeuten. Alles war wild und einsam. Während er am Rande eines Abgrundes stand und eine tiefe, mit Bäumen umsäumte Aushöhlung überschaute, machte sein Fuß ein großes Felsenstück los, und es fiel, seinen Weg krachend durch die Wipfel der Bäume nehmend, hinab in die Kluft. Ein lautes Geschrei oder vielmehr Angstgeschrei erscholl aus dem Grunde des Thales, gleich darauf erfolgte ein Flintenschuß und eine Kugel pfiff über seinem Kopf, streifte Zweige und Blätter und schlug tief in die Rinde eines Nußbaums.

Dolph wartete keinen zweiten Schuß ab, sondern zog sich eilig zurück, indem er jeden Augenblick fürchtete, von einem Feinde verfolgt zu werden. Es gelang ihm auch, er kam, ohne beunruhigt zu werden, wieder an die Küste und beschloß, nicht ferner in ein Land, von so drohenden Gefahren umgeben, einzudringen.

Er setzte sich, triefend und trostlos, auf einen feuchten Stein. Was war zu thun? Wo sollte er ein Obdach finden? Die Stunde der Ruhe nahte, die Vögel suchten ihre Nester, die Fledermäuse begannen in der Dämmerung zu fliegen, und der Nachtfalke schien, hoch bis zum Himmel sich erhebend, die Sterne hervorzurufen. Die Nacht fiel allmählig ein und hüllte Alles in Dunkelheit; und obgleich es im Spätsommer war, stahl sich doch ein Lüftchen längs des Flusses und über den triefenden Wald, das kalt und durchdringend war, zumal für einen halb ertrunkenen Mann.

Als er nun so triefend und hoffnungslos dasaß, sah er ein Licht in der Nähe der Küste durch die Bäume schimmern, gerade da, wo die Wendung des Flusses ein tiefes Becken bildete. Es gab ihm die frohe Hoffnung, daß eine menschliche Wohnung in der Nähe sein möge, wo er etwas bekommen könne, seinen heftigen Appetit zu stillen und, was in seiner unglücklichen Lage ebenso nöthig war, ihm ein bequemes Obdach für die Nacht zu verschaffen. Mit außerordentlicher Schwierigkeit verfolgte er seinen Weg zu dem Lichte, längs Felsenschichten, die ihn in Gefahr setzten, in den Fluß zu gleiten, und über große Stämme niedergestreckter Bäume, von denen einige in dem letzten Sturm gefallen waren und so dicht zusammenlagen, daß er sich anstrengen mußte, sich durch ihre Zweige durchzuarbeiten. Endlich gelangte er auf die Höhe eines Felsers, der über ein kleines Thal hing, woher das Licht kam. Es stammte von einem Feuer am Fuße eines großen Baumes in der Mitte eines begrasten Zwischenraumes oder eines Plätzchens unter dem Felsen. Das Feuer verbreitete einen rothen Schein über die grauen Klippen und die herabhängenden Bäume und zeigte Klüfte von großer Dunkelheit, die dem Eingang in Höhlen ähnlich waren. Ein kleiner Bach rieselte dicht daneben, sichtbar gemacht durch den zitternden Widerschein des Feuers. Zwei Gestalten bewegten sich um das Feuer, andere kauerten vor ihm. Da sie zwischen ihm und dem Lichte standen, befanden sie sich vollkommen im Schatten, aber eine von ihnen bewegte sich zufälliger Weise nach der entgegengesetzten Seite. Dolph stutzte, als er an dem hellen Schein, der auf gemalte Gesichtszüge fiel und auf Silberverzierungen widerglänzte, wahrnahm, daß es ein Indianer war. Er sah nun näher zu und erblickte an einem Baum lehnende Gewehre und einen auf dem Boden liegenden todten Körper. Hier war also der eigentliche Feind, der von

dem Thale aus auf ihn geschossen hatte. Er suchte sich ruhig zu-
rückzuziehen, indem er nicht wagte, sich diesen halbwilden Menschen an einem so wilden und einsamen Ort anzuvertrauen. Es war
zu spät; der Indianer mit seinem scharfen adlergleichen Auge, das
diese Race so auszeichnet, sah etwas unter den Büschen am Felsen
sich bewegen; er ergriff eines von den Gewehren, die an dem Bau-
me lehnten; noch einen Augenblick, und Dolph dürfte seine Leiden-
schaft für Abenteuer durch eine Kugel gebüßt haben. Er rief laut
und bot dem Indianer den Friedensgruß; die ganze Gesellschaft
sprang auf, der Gruß wurde erwiedert, und der Wanderer wurde
eingeladen, sich mit ihnen ans Feuer zu setzen.

Als er sich näherte, fand er zu seinem Troste, daß die Gesellschaft
sowohl aus weißen Männern als aus Indianern bestand. Einer, offenbar die Hauptperson oder der Befehlshaber, saß auf einem
Baumstamm vor dem Feuer. Er war ein großer starker Mann, etwas
in Jahren vorgeschritten, aber frisch und munter. Sein Gesicht war
fast so braun wie das eines Indianers; er hatte starke oder vielmehr
joviale Züge, eine Adlernase und einen Mund fast wie ein Bullen-
beißer. Sein Gesicht stand halb im Schatten durch einen breiten Hut
mit einem Bocksschwanz darauf. Sein graues Haar fiel kurz in den
Nacken herab. Er trug einen Jagdrock mit indianischen Leggins und
Mocassins, und einen Tomahawk in dem breiten Wampum-Gürtel
rund um sein Wams. Als Dolph seine Person und seine Züge genau
betrachtete, erinnerte ihn etwas an den alten Mann in dem verzauberten Hause. Indeß der Mann vor ihm war verschieden im Anzug
und Alter; er war in seinem Aeußeren heiterer, und es war schwer
anzugeben, wo die unbestimmte Ähnlichkeit lag; aber die Ähnlichkeit war jedenfalls vorhanden. Dolph fühlte eine Art von Ehrfurcht,
als er sich ihm näherte, wurde aber mit einem offenen, herzlichen
Willkommen empfangen. Noch mehr stieg sein Muth, als er wahrnahm, daß der todte Körper, der ihm einige Besorgniß verursacht
hatte, nur ein todtes Stück Wild war; und vollkommen befriedigt
war er, als er den wohlriechenden Dampf aus einem Kessel, der
über dem Feuer aufgehängt war, einzog, woraus er schloß, daß hier
etwas für die Abendmahlzeit gekocht werde. Er war also mit einer
umherstreifenden Jagdgesellschaft zusammengetroffen, wie dieß in
jenen Zeiten öfter unter den Ansiedlern längs des Flusses vorkam.
Der Jäger ist immer gastfrei; und nichts macht die Menschen gesel-

liger und freier von Ceremoniel als das Zusammentreffen in der Wildniß. Der Befehlshaber der Gesellschaft schenkte einen Schluck guten Liqueurs ein, den er ihm mit heiterer Miene darreichte, um sich zu erwärmen; und befahl einem aus seinem Gefolge, einige Kleider aus einem Häuschen zu holen, das dicht dabei an einer Bucht befindlich war, während die durchnäßten unseres Helden am Feuer getrocknet wurden.

Dolph fand, wie er erwartet hatte, daß der Schuß aus dem Thale, der ihn so nahe berührte, daß er ihm leicht zur ewigen Ruhe verholfen hätte, da er dem Abgrunde so nahe war, von der Gesellschaft vor ihm kam. Er hatte fast einen von ihnen durch die Felsenstücke zerschmettert, die er losgerissen hatte; und der heitere alte Jäger mit dem breiten Hut und Bocksschwanz hatte nach der Stelle geschossen, wo er die Büsche sich bewegen sah, indem er meinte, es sei ein wildes Thier. Er lachte herzlich über den Irrthum; man betrachtete die Sache als einen außerordentlich guten Spaß unter den Jägern; »aber auf mein Wort, lieber Bursche«, sagte er, »wenn ich nur einen Schimmer von Euch zu Gesicht bekommen hätte, so würdet Ihr dem Fels nachgestürzt sein. Anton van der Heyden ist dafür bekannt, daß er selten sein Ziel verfehlt.« Die letzteren Worte waren mit einem Male ein Faden für Dolphs Neugierde, und wenige Fragen ließen ihn vollkommen den Charakter des Mannes und der ganzen Gesellschaft von herumstreichenden Jägern durchschauen. Der Befehlshaber in dem breiten Hut und Jagdrock war kein anderer, als Herr Anton van der Heyden von Albany, von dem Dolph schon öfter gehört hatte. Er war in der That der Held mancher Geschichte; seine eigenthümlichen Launen und possierlichen Gewohnheiten waren Gegenstände der Bewunderung bei seinen holländischen Nachbarn. Da er ein vermögender Mann war, der von seinem Vater große Striche unbebauten Landes und ganze Fässer voll Wampum geerbt hatte, so konnte er seine Launen nach Gefallen befriedigen. Anstatt ruhig zu Hause zu bleiben, zur gewöhnlichen Tischzeit zu essen und zu trinken, seine Pfeife auf der Bank vor der Thüre zu schmauchen und sich dann zu Nacht in sein bequemes Bett zu legen, vergnügte er sich damit, sich allen Arten von rauhen und wilden Unternehmungen hinzugeben. Er war nicht glücklicher, als auf einer Jagdpartie in der Wildniß, schlief unter Bäumen oder einem mit Rinde gedeckten Schuppen, oder kreuzte auf dem Flusse oder auf Landseen, fischte oder fing Vögel, und lebte Gott weiß wie.

Er war ein großer Freund der Indianer und ihrer Lebensweise, die er für die eigentlich natürliche, freie, männliche und genußreiche hielt. Wenn er zu Hause war, hatte er immer einige Indianer um sich, die um sein Haus herumschlenderten, oder wie Hunde im Sonnenschein schliefen, oder Jagd- und Fischgeräthe für einen neuen Ausflug zubereiteten; oder nach Scheiben mit Bogen und Pfeilen schossen.

Ueber diese herumschweifenden Wesen hatte Herr Anton eine so vollkommene Herrschaft wie ein Jäger über seine Koppelhunde; obschon sie dem gewöhnlichen Volke der Nachbarschaft zu großem Nachtheil gereichten. Da er ein reicher Mann war, so wagte es Niemand, sich seinen Einfällen zu widersetzen, ja seine herzliche, muntere Weise machte ihn überall beliebt. Er trällerte ein holländisches Lied, wenn er über die Straße ging, grüßte Jedermann, wenn er noch eine Meile entfernt war, und wenn er in ein Haus trat, klopfte er die guten Leute freundlich auf die Schulter, schüttelte ihnen die Hand, daß sie laut schrieen, küßte ihre Weiber und Töchter vor ihren Augen, – kurz, Herr Anton kannte keinen Stolz und keine üble Laune.

Außer seinen indianischen Anhängern hatte er drei oder vier arme Freunde unter den Weißen, die zu ihm als ihrem Beschützer aufsahen, an seine Küche angewiesen waren und die Gunst genossen, gelegentlich mit auf seine Ausflüge genommen zu werden. Mit einem Theil solcher Anhänger war er gegenwärtig auf einem Kreuzzug längs der Küsten des Hudson in einer Pinasse begriffen, die er sich selbst zu seiner Erholung hielt. Es waren zwei weiße Männer bei ihm, zum Theil in indianischer Weise mit Mocassins und Jagdhemden bekleidet; der Rest seines Häufleins bestand aus vier Lieblingsindianern. Sie waren ohne einen bestimmten Zweck an den Fluß nach Beute ausgezogen, bis sie in die Hochlande vorgedrungen waren, wo sie zwei bis drei Tage zugebracht und endlich das Wild erlegt hatten, das sich immer in diesen Gebirgen herumgetrieben hatte.

»Es ist ein Glück für Euch, junger Mann«, sagte Anton van der Heyden, »daß Ihr gerade heute über Bord geworfen worden seid;

morgen früh steuern wir heimwärts, und Ihr dürftet dann vergeblich nach einem Imbiß in den Gebirgen ausgeschaut haben – Aber kommt, Bursche, regt Euch! regt Euch! laßt sehen, was wir zum Abendessen bekommen; der Kessel hat lang genug gebrodelt; mein Magen ruft nach der Schüssel, und ich bin überzeugt, unser Gast ist nicht geneigt, mit dem, was man ihm vorsetzt, zu spaßen.«

Es entstand nun ein Lärm in dem kleinen Lager. Einer nahm den Kessel herab und schüttete einen Theil des Inhalts in eine große hölzerne Schüssel; ein Anderer richtete einen flachen Felsen zu einem Tisch her, während ein Dritter verschiedene Geschirre von der Pinasse brachte. Herr Anton selbst brachte eine oder zwei Flaschen köstlichen Liqueurs aus seiner Privatkiste; er kannte seine listigen Begleiter zu gut, um einem von ihnen den Schlüssel anzuvertrauen.

Bald war ein zwar rohes, aber gutes Mahl aufgetragen; es bestand aus Wildpret, das im Kessel zubereitet war, mit kaltem Speck, gekochtem indischen Korn, und mächtigen Leibern von gutem schwarzen Hausbrod. Nie hatte Dolph ein schmackhafteres Mahl genossen, und als er es mit drei oder vier Zügen aus Herrn Antons Flasche hinuntergespült hatte und fühlte, wie der gute Liqueur seine Wärme über alle Venen verbreitete und in der Gegend seines Herzens seine Wärme haften blieb, würde er seine Lage nicht mit der des Gouverneurs der Provinz vertauscht haben.

Herr Anton wurde immer fröhlicher und aufgeweckter und erzählte ein halbes Dutzend dummer Geschichten, worüber sein weißes Gefolge unmäßig lachte, die Indianer aber, wie gewöhnlich, einen unüberwindlichen Ernst behaupteten.

»Das ist das wahre Leben, mein Junge!« sagte er und klopfte Dolph auf die Schulter; »das ist kein rechter Mann. der nicht Wind und Wetter Trotz bieten, in Wäldern und Wildnissen herumstreifen, unter einem Baum schlafen und von Baumblättern leben kann.«

Hierauf sang er eine oder ein paar Strophen aus einem holländischen Trinklied und schwang eine kurze dicke Flasche in seiner Hand, während seine Trabanten mit in den Chor einfielen, so daß das Echo von den Wäldern den Gesang zurückgab. In dem guten alten Liede hieß es:

Ihr Lustgeschrei macht' Himmel und Erd' ertönen,
Sobald das Geschäft vollendet war;
Zum Schmause gings in voller Fröhlichkeit,
Und Rack und Wein dazu floß voll und klar.

Mitten in seiner Fröhlichkeit verlor aber Herr Anton die Besonnenheit nicht. Obschon er Dolph die Flasche ohne Weiteres zuschob, so trug er doch Sorge, sein Gefolge nicht allzu reichlich kosten zu lassen, indem er die Leute wohl kannte, mit denen er zu thun hatte; besonders aber gestattete er den Indianern nur einen mäßigen Antheil. Nachdem das Mahl beendigt war, und die Indianer ihren Branntwein getrunken und ihre Pfeifen geraucht hatten, wickelten sie sich in ihre Decken, streckten sich auf den Boden, mit ihren Füßen nach dem Feuer gewendet, und fielen, wie müde Jagdhunde, bald in Schlaf. Der Rest der Gesellschaft blieb plaudernd am Feuer sitzen, welches die Dunkelheit des Forstes und die Feuchtigkeit der Luft nach dem letzten Sturm außerordentlich angenehm und wohlthätig machte. Das Gespräch verlor nach und nach seinen heitern Charakter von der Abendmahlzeit her und wendete sich auf Jagdabenteuer und Thaten und Gefahren in der Wildniß; manche darunter waren so seltsam und unglaublich, daß wir nicht wagen, sie hier zu wiederholen, denn es würde dadurch die Wahrheitsliebe Antons van der Heyden und seiner Begleiter sehr in Frage kommen. Es wurden manche legendenartige Geschichten, auch über den Fluß und die Niederlassungen an seinen Küsten, erzählt, in welcher Art von Erzählungen Herr Anton sehr zu Hause zu sein schien. Als der derbe Buschklepper so auf einer zusammengeflochtenen Wurzel eines Baumes dasaß, die ihm als Armstuhl diente, den Glanz des Feuers in seinen stark markirten Zügen, da wurde Dolph wieder mehre Male durch etwas beunruhigt, was ihn an die Erscheinung in dem verzauberten Hause erinnerte; es war eine vorübergehende Aehnlichkeit vorhanden, die sich aber nicht auf einen bestimmten Zug beschränkte, sondern über sein ganzes Gesicht und seine Gestalt erstreckte.

Der Umstand, daß Dolph über Bord gefallen war, führte zur Erzählung verschiedener Unglücksfälle und Unfälle, denen sie schon auf diesem großen Strom, zum Theil in früheren Perioden der Geschichte der Kolonie ausgesetzt gewesen waren; die meisten von ihnen schrieb der Herr wohlbedächtig übernatürlichen Ursachen zu. Dolph stutzte, als er dieß hörte; aber der alte Herr versicherte ihn, die Ansiedler des Flusses glaubten ganz allgemein, die Hochlande ständen unter der Botmäßigkeit übernatürlicher und böser Wesen, welche in den früheren Zeiten der Ansiedlung einen Groll auf die holländischen Kolonisten gefaßt hätten. In Folge dessen hätten sie sich immer ein besonderes Vergnügen daraus gemacht, ihren Zorn auf die holländischen Schiffer auszulassen und ihre Launen zu befriedigen, indem sie dieselben mit Stürmen, Wirbelwinden, Gegenströmungen und allen Arten von Hindernissen heimsuchten; ja in solchem Grade, daß ein holländischer Schiffer immer außerordentlich vorsichtig und besonnen zu Werke gehen mußte, um bei der Dämmerung vor Anker zu gehen; seinen Mast zu schützen oder die Segel einzuziehen, wo er irgend eine angeschwollene Wolle über die Gebirge sich wälzen sah; kurz, so viele Vorsichtsmaßregeln zu nehmen, daß oft eine unglaublich lange Zeit dazu gehörte, den Fluß hin abzusegeln.

Einige, sagte er, hielten diese feindlichen Mächte der Luft für böse Geister, welche die indischen Zauberer in den früheren Zeiten der Provinz heraufbeschworen hätten, um sich an den Fremden zu rächen, die ihnen ihr Land abgenommen hätten. Ihren Zaubereien schrieben sie auch das Mißgeschick zu, das über den berühmten Hendrick Hudson kam, als er zur Aufsuchung der nordwestlichen Durchfahrt diesen Fluß hinunterfuhr, und, wie er es dachte, sein Schiff zu Grunde ging; nach ihrer Versicherung war dieß nichts mehr noch weniger als ein Streich dieser Zauberer, um zu verhüten, daß er nicht in dieser Richtung nach China gelange.

Alle diese außerordentlichen, diesen Fluß betreffenden Umstände und die Verlegenheiten der Schiffer, welche ihn befahren, werden, wie Herr Anton bemerkte, übertroffen von der alten Legende von dem »Sturmschiff«, das bei Point-no-point spuke. Da er fand, daß Dolph gar nichts von dieser Sage wußte, blickte ihn der Herr einen Augenblick mit Verwunderung an und fragte, wo er denn sein Leben zugebracht habe, daß er von einem so wichtigen Theil der Geschichte nichts wisse. Um den Rest des Abends hinzubringen, erzählte er ihm also die Geschichte, so weit sein Gedächtniß reichte, mit denselben Worten, wie sie von Herrn Selyne, einem alten Dichter der Neu-Niederlande, niedergeschrieben worden ist. Indem er

das Feuer, das seine Funken unter den Bäumen gleich einem kleinen Vulkan verbreitete, noch einmal anfachte, setzte er sich bequem
auf seine Baumwurzel, warf seinen Kopf zurück, schloß auf einige
Augenblicke seine Augen, um seine Erinnerungen zu sammeln, und
begann dann die folgende Sage.

Das Sturmschiff.

In dem goldenen Zeitalter der Neu-Niederlande, als sie noch unter der Herrschaft von Wouter van Twiller, auch »der Zweifler« genannt, stand, wurde das Volk der Manhattoes in einem schwülen Nachmittag, gerade um die Zeit der Sommersonnenwende, durch einen fürchterlichen Gewittersturm in Schrecken gesetzt. Der Regen fiel in solchen Strömen, daß er die Erde aufriß und zum Dampfen brachte. Es war, als wenn der Donner über die Dächer der Häuser dahin rollte; den Blitz sah man um die Kirche St. Nicolas herumzüngeln und dreimal, wiewohl ohne Schaden, ihren Wetterhahn streifen. Garret van Horne's neuer Schornstein wurde fast von der Spitze bis zum Grund zertrümmert, und Doffue Mildeberger wurde sprachlos von seiner Stute herabgeschleudert, als er eben in die Stadt reiten wollte. Mit einem Worte, es war einer jener Stürme ohne Beispiel, welche nur noch in der Erinnerung derjenigen Personen fortleben, die in allen Städten unter dem Namen der »ältesten Einwohner« bekannt sind.

Groß war der Schrecken der alten Weiber der Manhattoes. Sie trieben ihre Kinder zusammen und flohen in die Keller, nachdem sie einen Schuh an jede Spitze des Bettpfostens gehängt hatten, um den Blitz abzuhalten. Endlich ließ der Sturm nach, der Donner wurde ein Brummen, und die untergehende Sonne, die unter dem Saume der Wolken hervorbrach, ließ die Bucht wie ein Meer von geschmolzenem Gold glänzen.

Von der Veste wurde ein Zeichen gegeben, daß ein Schiff vor der Bucht liege. Es ging von Mund zu Mund und von Straße zu Straße und setzte bald die ganze Stadt in Aufruhr. Die Ankunft eines Schiffs in jener Zeit der Ansiedlung war für die Einwohner ein Ereigniß von großer Wichtigkeit. Es brachte ihnen Neuigkeiten von der alten Welt, von dem Lande ihrer Geburt, von dem sie so ganz abgeschnitten waren; auf das jährliche Schiff freuten sie sich wegen Zufuhr neuer Luxusartikel, mancherlei Sachen zum Putz und zur Bequemlichkeit, ja fast aller Bedürfnisse. Die gute Frau konnte keine neue Mütze, keinen neuen Mantel haben, ehe das Schiff angekommen war; der Künstler wartete auf sein Werkzeug, der Bürgermeister auf seine Pfeifen und seinen holländischen Tabak; der Schulbub auf seinen Kreisel und seine Märbeln, und der vornehme Güterbesitzer auf seine Ziegelsteine, um sich davon ein neues Haus zu bauen. So schaute Jedermann, reich und arm, groß und klein, nach der Ankunft des Schiffs aus. Es war das große jährliche Ereigniß der Stadt Neu-Amsterdam; und von einem Ende des Jahres zum andern war das Schiff – das Schiff – das Schiff – der stehende Gegenstand der Unterhaltung.

Die Neuigkeiten von der Veste führten daher alles Volk hinab zu der Batterie, um das Ersehnte in Augenschein zu nehmen. Es war nicht gerade die Zeit, wo sie seine Ankunft erwartet hatten, und dieser Umstand erregte einiges Nachdenken. Der Gruppen waren viele, die sich um die Batterie versammelten. Hier und da sah man einen Bürgermeister, in seiner gravitätischen und pomphaften Würde, seine Meinung mit großem Selbstvertrauen einem Haufen alter Weiber und müßiger Buben verkündigen. An einem anderen Platze befand sich eine Gesellschaft alter von Wetter gebräunter Burschen, die zu ihrer Zeit Seeleute und Fischer gewesen waren und bei solchen Gelegenheiten als große Autoritäten galten; sie waren verschiedener Meinung und veranlaßten große Streitigkeiten unter ihren verschiedenen Anhängern; aber der Mann, auf den man am meisten seine Blicke richtete, und dem das Volk folgte und auf ihn aufmerksam war, war Hans van Pelt, ein alter holländischer Seekapitän, der sich vom Dienst zurückgezogen hatte, das nautische Orakel des Ortes. Er beschaute das Schiff durch ein altes Teleskop, mit altem Segeltuch überzogen, brummte ein altes holländisches Lied und sagte nichts. Ein Summen von Hans van Pelt hatte jedoch immer mehr Gewicht bei dem Publikum, als wenn ein anderer Mann etwas sagte.

In derselben Zeit wurde das Schiff auch dem bloßen Auge deutlicher; es war ein starkes, rundes, nach holländischer Art gebautes Fahrzeug, mit hohem Bug und Hintertheil, und trug die holländischen Farben. Die Abendsonne vergoldete seine schwellenden Segel, wie es so über die langen schwankenden Wogen daherzog. Die Wache, die Notiz von seiner Annäherung gegeben hatte, erklärte, sie habe es zuerst zu Gesicht bekommen, als es in der Mitte der Bucht gewesen sei; es sei so plötzlich vor ihr gestanden, als wenn es aus dem Innern einer schwarzen Gewitterwolke gekommen wäre. Die Umstehenden blickten auf Hans van Pelt, umzusehen, was er zu diesem Bericht sagte. Hans van Pelt aber preßte seinen Mund enger zusammen und sagte nichts; Einige schüttelten ihre Köpfe, Andere zuckten die Achseln.

Das Schiff wurde jetzt mehre Male begrüßt, gab aber keine Rückantwort; es passirte die Veste und stand still auf dem Hudson. Man brachte eine Kanone herbei, um sie darauf zu richten, was nicht ohne einige Schwierigkeit geschah; Hans van Pelt lud und feuerte, da die Garnison in der Artillerie nicht erfahren war. Der Schuß schien gerade durch das Schiff zu gehen und auf der andern Seite auf dem Wasser hinzugleiten; aber man nahm keine Notiz davon. Sonderbar war es, daß sie alle Segel aufgezogen hatten und gerade gegen Wind und Fluth segelten, welche eben auf dem Fluß herrschten.

Hierauf ließ Hans van Pelt, der zugleich Hafenmeister war, sein Boot kommen und es aussetzen, um bei dem Schiff an Bord zu kommen; aber nachdem er drei bis vier Stunden gerudert hatte, kam er ohne Erfolg wieder zurück. Bisweilen kam er ihm auf ein- bis zweihundert Ellen nahe, wie ein Blitz aber war es wieder eine halbe Meile entfernt. Einige sagten, es wäre, weil der Steuermann kurzathmig und engbrüstig sei und deßhalb hier und da anhalten müsse, um Athem zu holen und in seine Hand zu spucken; wahrscheinlich aber war dieß eine bloße üble Nachrede. Er kam jedoch nahe genug, um das Schiffsvolk in Augenschein zu nehmen; sie waren Alle in holländischer Tracht, die Offiziere in Jacken und hohen Hüten mit Federn; Niemand von ihnen an Bord sprach ein Wort; sie standen bewegungslos gleich Statuen, und das Schiff schien, als wenn es seiner eigenen Bewegung überlassen wäre. So fuhren sie auf dem Flusse weiter und wurden in der Abendbeleuchtung immer kleiner und kleiner, bis sie dem Auge entschwanden wie eine kleine weiße Wolke, die am Sonnenhimmel verschwindet.

Die Erscheinung dieses Schiffs versetzte den Gouverneur in einen der stärksten Zweifel, von denen er je im Verlauf seiner ganzen Amtsführung heimgesucht worden war. Man fürchtete für die Sicherheit der jungen Ansiedlung, denn es konnte ein verkapptes feindliches Schiff gewesen sein, ausgesendet um Besitz zu nehmen. Der Gouverneur berief seine Offiziere mehrmals zusammen, um sich durch ihre Muthmaßungen zu unterstützen. Er saß in seinem

Staatssessel, verfertigt aus dem Holze des heiligen Forstes vom Haag, schmauchte aus seiner langen Jasminpfeife und lauschte auf Alles, was seine Rathgeber über einen Gegenstand vorzubringen hatten, von dem sie nichts wußten. Aber trotz aller Vermuthungen der weisesten und ältesten Köpfe blieb der Gouverneur fortwährend in Zweifel.

Es wurden Boten nach verschiedenen Orten am Fluß ausgeschickt, aber sie kehrten ohne irgend eine Nachricht zurück – das Schiff war nirgends vor Anker gegangen. Tag auf Tag und Woche auf Woche vergingen, es kam nicht wieder nach dem Hudson zurück. So angelegen aber den Berathenden eine nähere Kenntniß der Sache schien, so wenig fehlte es ihnen an Nachrichten. Selten kamen Kapitäne von Schaluppen an, ohne Nachrichten zu bringen, daß sie das seltsame Schiff an verschiedenen Punkten des Stromes, bisweilen nahe an den Palissaden, andere Male bei Croton Point, oder bei den Hochlanden gesehen hatten; aber nie erzählten sie, sie hätten es oberhalb der Hochlande gesehen. Zwar wich die Mannschaft der Schaluppen gewöhnlich in ihren Erzählungen über diese Erscheinungen von einander ab, aber das mochte von den ungewissen Lagen kommen, in denen sie es gesehen hatten. Bisweilen war es bei dem Schein eines Blitzes in der rabenschwarzen Nacht, wo es in seinem Lauf über die Tapan-Zee oder die weite Einöde von Hawerstraw Bay schimmerte. In einem Augenblicke schienen sie dicht dabei zu sein, als könnten sie es übersegeln, und es versetzte sie in große Noth und Alarm; bei der nächsten Welle sah man es aber schon weit weg immer gegen den Wind segeln. Bisweilen in hellen Mondnächten sah man es unter hohen Felsen der Hochlande, ganz in tiefem Schatten, ausgenommen die oberen Segel, die im Mondschein glänzten; nach einiger Zeit aber, als die Reisenden den Platz erreichten, war kein Schiff zu sehen; und wenn sie noch ein Stück weiter gesegelt waren und zurückschauten, siehe, da war es wieder mit seinen Hauptsegeln im Mondscheine! Seine Erscheinung fand immer gerade nach, oder vor, oder mitten in schlechtem Wetter statt, und es war allgemein unter den Schiffern und Reisenden nur unter dem Namen des »Sturmschiffs« bekannt.

Diese Berichte beunruhigten den Gouverneur und seinen Rath mehr als je, und wir würden kein Ende finden, wollten wir alle die Vermuthungen und Meinungen wiederholen, die über den Gegenstand ausgesprochen wurden. Einige führten Fälle von Schiffen an, die an der Küste von Neuengland gesehen und von Hexen und Gespenstern gesteuert worden waren. Der alte Hans van Pelt, der mehr als einmal bei der holländischen Kolonie auf dem Kap der guten Hoffnung gewesen war, beharrte darauf, dieß sei der »fliegende Holländer« gewesen, der so lange die Tafelbai beunruhigt habe, aber da er nicht an Port habe kommen können, jetzt einen anderen Hafen gesucht habe. Andere meinten, wenn es wirklich eine übernatürliche Erscheinung sei, wie man allen Grund zu glauben habe, so dürfte es Hendrick Hudson und seine Mannschaft von dem »Halbmond« sein, welche, wie bekannt, vorlängst im oberen Theil des Flusses gescheitert seien, als sie die nordwestliche Durchfahrt nach China gesucht hätten. Diese Meinung hatte zwar für den Gouverneur wenig Gewicht, fand sonst aber großen Beifall. Es ist bereits erwähnt worden, daß Hendrick Hudson und seine Schiffsmannschaft das Catskill-Gebirge unsicher machten, und die Annahme schien deßhalb sehr begründet, daß sein Schiff den Fluß an *der* Stelle beunruhige, wo sein Unternehmen gescheitert war, oder daß es die Geistermannschaft zu ihren periodischen Schwärmereien im Gebirge führe.

Andere Ereignisse traten ein, die das Nachdenken des klugen Wouters und seines Rathes beschäftigten, und das Sturmschiff hörte auf, von der Schiffsmannschaft besprochen zu werden. Es blieb jedoch eine Sache des Volksglaubens und ein Gegenstand der Unterhaltung während der ganzen Zeit des holländischen Gouvernements, und besonders kurz vor der Einnahme von Neu-Amsterdam und der Unterwerfung der Provinz durch ein englisches Geschwader. Um diese Zeit wurde das Sturmschiff in der Tapan-Zee, bei Weehawk, und sogar hinab bis Hoboken gesehen, und man hielt seine Erscheinung für eine schlimme Vorbedeutung der herannahenden Stürme in den öffentlichen Angelegenheiten und des Unterganges der holländischen Herrschaft.

Seit dieser Zeit haben wir keine authentischen Nachrichten von ihm, obgleich man sich immer erzählt, es belästige die Hochlande und kreuze bei Point-no-point. Leute, die längs des Flusses leben, beharren dabei, daß sie es bisweilen im Sommer bei Mondschein sahen, und daß sie bei tiefer, stiller Mitternacht den Gesang des Schiffsvolkes hörten; aber Ansichten und Töne sind längs gebirgiger

Küsten und in der Gegend weiter Buchten und langer Landesstriche an diesem Flusse so täuschend, daß wir bekennen müssen, über diesen Punkt noch große Zweifel zu hegen.

Nichtsdestoweniger ist es gewiß, daß bei Stürmen in den Hochlanden seltsame Dinge gesehen worden sind, die man mit der alten Geschichte von dem Schiff in Zusammenhang zu bringen sucht. Die Schiffskapitäne des Flusses sprechen von einem kleinen, wie eine Zwiebel geschichteten holländischen Gespenst, in Pluderhosen, mit zuckerhutförmigem Hut und ein Sprachrohr in der Hand, von dem sie sagen, daß es sich an dem Dunderberg aufhalte. Sie erzählen, daß sie es bei stürmischem Wetter mitten im Sturm gehört hätten, wie es Befehle in holländischer Sprache ertheilt habe, während ein frischer Windstoß gekreischt oder der Donner gerasselt habe. Ferner, daß es bisweilen, umgeben von einem Haufen kleiner Teufelchen in weiten Hosen und kurzem Kamisol, die sich kopfüber in den Wolken und im Nebel wälzten und tausend Luftsprünge machten, oder gleich einem Schwarme Fliegen um Anthony's Nase schwärmten, gesehen worden sei; und daß zu solcher Zeit das Wüthen des Sturmes immer am ärgsten gewesen sei. Einmal wurde eine Schaluppe, als sie bei dem Dunderberg vorbeilief, von einem Gewitter überfallen, das um das Gebirg herumzog und gerade über das Fahrzeug herein zu brechen schien. Obgleich tüchtig und gut mit Ballast versehen, hatte sie doch furchtbar zu arbeiten, und das Wasser reichte bis über die Kanonen. Der ganze Haufe war in Bestürzung, da entdeckte man, daß sich ein kleiner weißer, zuckerhutförmiger Hut an dem Mastbaum befand, der einst der Hut des Herrn von Dunderberg gewesen war. Niemand jedoch wagte es, den Mastbaum zu erklimmen und den schrecklichen Hut wegzunehmen. Die Schaluppe fuhr fort zu arbeiten und zu schwanken, als wollte sie ihren Mast über Bord wälzen, und schien in beständiger Gefahr, entweder umzustürzen oder gegen die Küste zu rennen. Auf diese Weise segelten sie durch die Hochlande hindurch, bis sie die Polopols-Insel passirt hatten, wo, wie man sagt, die Gerichtsbarkeit des Herrschers vom Dunderberg aufhört. Kaum hatten sie diese Gränze erreicht, als der kleine Hut in die Luft flatterte wie ein Kreisel, die Wolken alle in einem Wirbel zusammentrieb und sie zurück nach der Spitze des Dunderbergs warf, während die Schaluppe selbst sich in die rechte Stellung brachte und nun so ruhig dahinsegelte wie in einem Mühlgraben. Nur allein der glückliche Umstand rettete sie von gänzlichem Schiffbruch, daß sie ein Hufeisen an den Mast genagelt hatten, eine weise Vorsicht gegen böse Geister, die seitdem von allen holländischen Kapitänen angenommen worden ist, welche diesen verrufenen Fluß beschiffen.

Noch eine andere Geschichte von diesem Wettergeist wird von dem Schiffer Daniel Ouslesticker von Fishhill erzählt, von dem man noch keine Lüge gehört hat. Er berichtete, daß er ihn bei einem heftigen Windstoß mit ausgespreizten Beinen auf seinem Bugspriet sitzen und die Fregatte aufs Land zu, direkt nach Anthony's Nase hin, steuern gesehen, und daß ihn der Geistliche van Gieson von Esopus, der glücklicher Weise an Bord war, bannte, indem er die Hymne des St. Nicolas sang, worauf sich der Geist wie ein Ball in die Luft schwang und in einem Wirbelwind verschwand, zugleich aber die Nachtmütze von der Frau des Geistlichen mitnahm, die man am nächsten Sonntag Morgen an dem Wetterhahn des Esopus-Kirchthurms, wenigstens vierzig Meilen davon entfernt, hängen sah. Mehr Ereignisse dieser Art kamen vor, und die Schiffer des Flusses wagten es lange Zeit nicht, vor dem Dunderberg vorbei zu passiren, ohne als Zeichen der Huldigung gegen den Herrn des Gebirgs ihre Segel herab zu lassen, und man bemerkte, daß alle die, welche diesen Tribut der Ehrfurcht brachten, unbelästigt ziehen durften.

»Dieß sind«, sagte Anton van der Heyden, »einige von den Geschichten, die Selyne, der Dichter, in Bezug auf das Sturmschiff niedergeschrieben hat. Nach seiner Versicherung hat es eine Menge von boshaften Teufelchen aus einem alten, von Geistern besessenen europäischen Lande nach der Provinz gebracht. Ich könnte Euch noch eine Menge mittheilen, wenn es nöthig wäre; denn alle die Vorfälle, die so oft den Schiffen des Flusses begegnen, sollen Streiche sein, welche die Teufelchen des Dunderbergs spielen. Doch ich sehe, daß Ihr nickt, und so laßt uns zur Ruhe gehen.«

Der Mond hatte eben seine Silberhörner über der runden Rücken von Alt-Bull-Hill erhoben und erleuchtete die grauen Felsen und dichten Wälder und glänzte auf den Wellen des Flusses. Der Thau fiel, und die dunkeln Gebirge begannen eine milde und graue luftige Färbung in dem feuchten Lichte anzunehmen. Die Jäger schürten das Feuer an und legten frisches Holz auf, um die Feuchtigkeit der Nachtluft zu mäßigen. Sie richteten darauf ein Bett von Zweigen und trockenen Blättern unter einem Felsenrand für Dolph her; während Anton van der Heyden sich in eine große Decke von Häuten wickelte und sich an das Feuer streckte. Es verging indeß einige Zeit, ehe Dolph seine Augen schließen konnte. Er lag da und betrachtete sich die Scene vor ihm: wilde Wälder und Felsen ringsum; das Feuer, das helle Strahlen auf die Gesichter der schlafenden Wilden verbreitete, und dazu Herr Anton, der ihn so seltsam, wenn auch unbestimmt, an den nächtlichen Besuch im verzauberten Hause erinnerte. Hier und da hörte er das Geschrei einiger Thiere aus dem Forst, oder das Geschrei der Eule; oder die Töne der Nachtschwalbe, welche in jener einsamen Gegend sehr häufig zu sein schienen; oder das Plätschern eines Störs, der sich aus dem Flusse erhob und wieder auf die ruhige Wasserfläche zurückfiel. Er verglich alles dieses mit seinem gewohnten Aufenthalt in der Dachstube des Doktors, wo in der Nacht keine anderen Töne zu hören waren, als der Klang der Kirchenglocke, welche die Stunden anzeigte, die schwerfällige Stimme des Wächters, der ausrief, daß Alles in Ordnung sei, das tiefe Schnarchen des Doktors aus dem unteren Stocke, oder die vorsichtige Arbeit einiger Ratten, die an dem Tafelwerk nagten. Seine Gedanken wanderten dann zu seiner armen alten Mutter. Was mochte sie von seinem geheimnißvollen Verschwinden denken – welche Angst und welchen Kummer mochte sie erdulden? Diese Gedanken drangen sich ihm unaufhörlich auf und verdarben ihm jede Freude der Gegenwart. Er empfand Schmerz und Gewissensbisse, und mit Thränen in den Augen schlief er ein. –

Wäre dieß ein bloßes Bild der Einbildungskraft, so würde hier eine schickliche Veranlassung sein, seltsame Ereignisse in diesen wilden Gebirgen und unter diesen umherschweifenden Jägern einzuweben, und nachdem wir unseren Helden in mancherlei Gefahren und Schwierigkeiten verwickelt hatten, würden wir ihn aus allem durch einige wunderbare Erfindungen retten können. Aber alles dieß ist ja eine wahre Geschichte, und wir müssen uns daher auf einfache Thatsachen beschränken und nicht gegen die Wahrscheinlichkeit verstoßen.

Am folgenden Tage früh bei rechter Zeit, nach einem tüchtigen Frühstück, brach das Lager auf, und unsere Abenteurer schifften sich in der Pinasse des Anton van der Heyden ein. Da kein Wind wehte, ruderten die Indianer langsam weiter und schlugen dabei zu einem von den weißen Männern gesungenen Liede den Takt. Der Tag war heiter, der Fluß ohne Wellen, und wie das Fahrzeug das helle Wasser durchschnitt, ließ es eine lange, wogende Spur hinter sich. Die Krähen, die das Mahl der Jäger witterten, sammelten sich und schwebten schon in der Luft, gerade da, wo eine dünne, blaue Rauchsäule, die unter den Bäumen aufstieg, den Ort anzeigte, wo die Jäger ihre letzte Nachtherberge gehalten hatten. Als sie an der Basis der Gebirge hinfuhren, zeigte Herr Anton Dolph einen mächtigen Adler, den Beherrscher dieser Gegenden, der auf einem trockenen, über den Fluß herüber hängenden Baum saß und mit aufwärts gerichteten Augen den Glanz der Sonne einzuziehen schien. Ihre Annäherung störte das Nachdenken des Monarchen. Er breitete erst einen Flügel, dann den andern aus, balancirte einen Augenblick und verließ dann seinen Ast in würdiger Ruhe, indem er langsam über ihre Köpfe wegflog. Dolph ergriff schnell ein Gewehr und schickte ihm eine Kugel nach, die ihm einige Federn aus dem Flügel wegnahm; der Knall von dem Gewehr verbreitete sich von Fels zu Fels und erweckte tausend Echos; aber der Beherrscher der Lüfte segelte ruhig weiter, stieg immer höher und höher, sich im Steigen im Kreise drehend, und flog dem grünen Schooße des waldigen Gebirges zu, bis er über einem hervorstehenden Abgrund verschwand. Dolph empfand gewissermaßen einen Vorwurf in dieser stolzen Ruhe und tadelte sich fast selbst, daß er diesen majestätischen Vogel so muthwillig beleidigt habe. Herr Anton sagte ihm lachend, er möge daran denken, daß er noch nicht aus dem Gebiete des Herrn von Dunderberg sei; und ein alter Indianer schüttelte den Kopf und meinte, einen Adler tödten bringe wenig Glück; der Jäger sollte im Gegentheil ihm immer einen Theil seiner Beute überlassen.

Nichts kam indessen vor, was sie auf ihrer Reise belästigt hätte. Sie kamen wohlbehalten durch herrliche und einsame Scenen, bis sie dahin gelangten, wo die Pollopols-Insel wie eine schwimmende Laube am Ende der Hochlande lag. Hier warteten sie, bis die Hitze des Tages abnehmen oder ein frischer Wind sich erheben und die Anstrengung des Ruderns unnöthig machen würde. Einige bereiteten das Mittagsmahl, während Andere im Schatten der Bäume sich dem Nichtsthun in der Sommerhitze überließen und träge auf die Schönheit der Gegend umherschauten. Auf der einen Seite waren die hohen, felsigen Hochlande bis zur Spitze mit Wald bewachsen, die ihre Schatten auf das klare, zu ihren Füßen strömende Wasser warfen. Auf der anderen Seite dehnte sich der Fluß gleich einem breiten See weit aus, mit langem, glänzendem Spiegel und grünen Vorgebirgen, und die fernen Schawungunk-Berge zeigten sich am klaren Horizont oder erschienen durch wolliges Gewölke.

Aber wir unterlassen es, bei den Einzelnheiten ihrer Fahrt auf dem Flusse länger zu verweilen. Dieses herumschweifende amphibienartige Leben, die Silberfläche des Wassers durchsegelnd, an wildem Waldrand landend, an schattigen Vorgebirgen schmausend, mit der Baumdecke über dem Haupt, während der Fluß mit hellem Schaum den Fuß bespülte; die fernen Gebirge und Felsen mit Bäumen, Wolken und tief blauem Himmel, Alles zusammen in sommerlicher Schönheit vor sich; Alles dieses würde ermüdend sein, wollten wir es weiter ausspinnen.

Wenn sie sich am Stromesufer gelagert hatten, pflegten einige von der Gesellschaft in die Wälder zu gehen und zu jagen, andere zu fischen; bisweilen vergnügten sie sich auch mit Schießen nach einem Ziele, mit Springen, Rennen und Ringen. Dolph gelangte dabei zu großer Gunst in den Augen Antons van der Heiden durch seine Geschicklichkeit und Gewandtheit in allen diesen Leibesübungen, die der Herr als die vorzüglichsten aller männlichen Vollkommenheiten betrachtete.

So fuhren sie nun munter den Fluß dahin, indem sie nur die schönen Stunden zur Reise wählten, bisweilen in der kühlen Morgendämmerung, bisweilen in dem stillen Abendzwielicht, und bisweilen, wenn der Mondschein sich über die sich kräuselnden Wellen verbreitete, die an der Seite ihres kleinen Fahrzeuges flüsterten. Nie hatte sich Dolph so vollkommen in seinem Elemente gefühlt, nie war ihm etwas so vollkommen nach seinem Geschmack vorgekommen, als dieses wilde unstäte Leben. Er war der rechte Mann, um Anton van der Heyden in seinen umherstreifenden Launen beizustehen, und gewann immer mehr seine Zuneigung. Das Herz des alten Buschkleppers neigte sich dem jungen Manne zu, der solchergestalt selbst ihm immer ähnlicher wurde; und als sie sich dem Ende ihrer Reise näherten, konnte er nicht unterlassen, ein wenig nach seiner Geschichte zu forschen. Dolph erzählte ihm offen seinen Lebenslauf, seine schweren medicinischen Studien, seine schwachen Fortschritte und seine zweifelhaften Aussichten. Der Herr war betroffen, als er fand, daß solche schönen Talente und Fähigkeiten unter eine Doktorsperücke gezwängt und begraben werden sollten. Er hegte eine souveräne Verachtung gegen die heilende Kunst und hatte nie einen anderen Arzt gebraucht als den Fleischer. Er trug auch einen tödtlichen Haß gegen alle Arten von Studien, seit er über ein unverständliches Buch ausgepeitscht worden war, als er noch ein Kind war. Und nun zu denken, daß ein junger Bursche wie Dolph, von so bewundernswürdigen Fähigkeiten, der schießen, fischen, rennen, springen, reiten und ringen konnte, sollte gezwungen werden, Pillen zu drehen und Juleps zu bereiten, blos für sein Dasein –das war schändlich! Er rieth Dolph, nicht zu verzweifeln und »die Arzneikunst vor die Hunde zu werfen«; denn einem jungen Burschen von seinen ausgezeichneten Talenten könne es nimmer fehlen, sein Glück zu machen. »Da es mir scheint, Ihr habt keine Bekanntschaft in Albany«, sagte Herr Anton, »so geht mit mir nach Hause und bleibt unter meinem Dache, bis ihr Euch weiter umsehen könnt; während der Zeit wollen wir uns gelegentlich im Schießen und Fischen üben, denn es wäre schade, wenn solche Talente brach liegen sollten.«

Dolph, dem ein Wechsel gar nicht unangenehm war, ließ sich leicht bewegen. In der That, wenn er die Dinge recht überlegte, was er denn auch sehr weislich und vorsichtig that, konnte er nicht anders denken, als daß Anton van der Heyden »auf irgend eine oder die andere Weise« mit der Geschichte des verzauberten Hauses in Verbindung stehe; daß die Unfälle in den Hochlanden, die sie so sonderbar vereinigt hatten, »auf irgend eine oder die andere Weise« etwas Gutes bewirken sollten; kurz, es giebt nichts so Angemessenes, als dieses »auf irgend eine oder die andere Weise«, um sich den Umständen anzubequemen; es ist die Hauptstütze eines kopflosen Acteurs und langsamen Denkers, wie Dolph Heyliger, und Derjenige, welcher auf diesem unbestimmten sanften Wege früheres Uebel zu vorausgenommenem Guten lenken kann, besitzt ein geheimes Glück, das fast so viel werth ist als der Stein der Weisen.

Bei ihrer Ankunft zu Albany schien die Erscheinung von Dolphs Begleiter allgemeines Vergnügen hervorzurufen. Viele Grüße am Bord des Flusses und in den Straßen empfingen die Ankommenden; die Hunde sprangen an ihm herauf; die Knaben schrieen im Vorbeigehen; jedermann schien Anton van der Heyden zu kennen. Dolph folgte stillschweigend und bewunderte die Zierlichkeit dieses schönen Fleckens; denn Albany prangte damals noch in seiner ganzen Glorie; es war fast ausschließlich von den Abkömmlingen der ursprünglichen holländischen Ansiedler bewohnt und bis jetzt noch nicht von dem unruhigen Volk von Neuengland entdeckt und kolonisirt. Alles war ruhig und in Ordnung; Alles wurde friedlich und gemächlich geleitet; man bemerkte keine Eile, kein Geräusch, keine Anstrengung und kein Drängen um des Lebensunterhaltes willen. Das Gras wuchs auf den ungepflasterten Straßen und erfreute das Auge durch sein erfrischendes Grün. Hohe Sycomoren oder hängende Weiden beschatteten die Häuser, und an ihren zarten Zweigen schwangen sich Raupen in langen Silberfäden; oder Motten flatterten umher vor Freude über ihre schöne Verwandlung. Die Häuser waren in alt-holländischer Weise mit der Giebelseite gegen die Straße gebaut. Die sparsame Hausfrau saß auf einer Bank vor ihrer Thüre, in einer knapp anliegenden Haube, hell geblümtem Kleide und weißer Schürze, emsig mit Stricken beschäftigt. Der Mann rauchte seine Pfeife auf der entgegengesetzten Bank, und ein kleines Negermädchen, der Liebling, saß auf der Treppe, ihrer Herrin zu Füßen, und war geschäftig mit ihrer Nadel. Die Schwalben scherzten um das Dach oder strichen über die Straßen hin und brachten reiche Beute für ihre schreienden Jungen mit; und der Hausfreund, der kleine Zaunkönig, flog in einem Liliputhäuschen ein und aus oder in einem alten Hute, der an die Wand genagelt war. Die Kühe kehrten nach Hause zurück, blökten durch die Straßen und ließen sich an den Thüren ihrer Eigenthümer melken, und wenn einige unter ihnen vielleicht zurückblieben, so waren Negerbuben mit einem langen Stachel bei der Hand, um sie bedachtsam heimzutreiben.

Als Dolphs Begleiter vorwärts schritt, nickten ihm die Bürger freudig zu, und die Frauen begrüßten ihn mit freundlichen Worten; alle nannten ihn vertraulich bei seinem Vornamen Anton; denn es war der Gebrauch unter diesen kräftigen Patriarchen, die alle zusammen aufgewachsen waren, sich einander mit dem Taufnamen zu nennen. Der Herr unterließ nicht, seine gewöhnlichen Scherze mit ihnen zu treiben, denn er war ungeduldig, sein Haus zu erreichen. Endlich kamen sie dahin. Es war ziemlich groß, im holländischen Stil, mit großen eisernen Figuren auf den Giebeln, woraus man auf seine Erbauung schließen konnte, und bewies, daß es in den frühesten Zeiten der Ansiedlung erbaut worden war.

Die Nachricht von Herrn Antons Ankunft war ihm schon vorausgegangen, und der ganze Haushalt stand auf der Warte. Ein Haufe kleiner und großer Neger hatte sich in der Fronte des Hauses versammelt, um ihn zu empfangen. Die alten Weißköpfe, die in seinem Dienste grau geworden waren, weinten vor Freude und machten manche ungeschickte Verbeugungen und Grimassen; die kleinen dagegen hüpften ihm auf die Kniee. Aber das glücklichste Wesen im Hause war ein kleines wohlgenährtes, blühendes Mädchen, sein einziges Kind und der Liebling seines Herzens. Sie kam im vollen Springen aus dem Hause; aber der Anblick eines fremden jungen Mannes mit ihrem Vater rief für einen Augenblick alle Schamhaftigkeit, wie sie den Mädchen angeboren ist, hervor. Dolph sah sie mit Bewunderung und Vergnügen an; niemals meinte er eine so anständige weibliche Gestalt gesehen zu haben. Sie war in gutem alten holländischen Geschmack gekleidet, mit langer Schnürbrust und vollem kurzen Kleide, das so gut stand, daß es die ganze weibliche Form in schönstem Lichte zeigte. Ihr Haar, unter eine kleine runde Mütze gewunden, ließ die Schönheit ihrer Stirne bewundern; sie hatte schöne, blaue, lächelnde Augen und einen schlanken, sanft gewölbten Leib – mit Einem Worte, sie war eine kleine holländische Gottheit. Dolph, der nie bei einer Sache auf halbem Wege stehen blieb, verliebte sich sterblich in sie.

Dolph wurde in dem Hause mit freundlichem Willkommen aufgenommen. Das Innere gab eine Anschauung von Herrn Antons Geschmack und Gewohnheiten, sowie von dem Reichthum seiner Vorfahren. Die Zimmer waren mit guten alten Mahagonymöbeln verziert, die Schenktische und Schränke glänzten von erhaben gearbeitetem Silber und gemaltem Porzellan. Ueber dem Kamin des Visitenzimmers befanden sich, wie gewöhnlich, die Wappenschilde der Familie gemalt und eingerahmt; darüber eine lange Vogelflinte mit einer indianischen Tasche und ein Pulverhorn. Das Zimmer war mit vielen indianischen Gegenständen verziert: Friedenspfeifen, Tomahawks, Skalpirmessern, Jagdtaschen und Wampumgürteln; auch lagen verschiedene Arten von Fischgeräthe und zwei oder drei Instrumente zum Vogelfang in den Winkeln. Die Hausangelegenheiten schienen einigermaßen nach dem Willen des Herrn geleitet zu werden, dem hier und da einige kleine ruhige Eingriffe der Tochter nachhalfen. Das Ganze trug den Stempel eines hohen Grades patriarchalischer Einfachheit und gutmüthiger Nachsicht. Die Schwarzen kamen ungerufen in das Zimmer, blos um nach ihrem Herrn zu sehen und seine Abenteuer zu vernehmen; sie standen lauschend an der Thüre, bis er eine Geschichte beendigt hatte, und gingen dann grinsend weg, um sie in der Küche zu erzählen. Ein paar schöne Negerkinder spielten auf dem Fußboden mit den Hunden und theilten ihr Butterbrod mit ihnen. Alles Hausgesinde sah vergnügt und glücklich aus, und wenn der Tisch zum Abendessen gedeckt wurde, gab die Mannigfaltigkeit und der Ueberfluß der guten häuslichen Speisen von der Freigebigkeit des Herrn und der ausgezeichneten Wirtschaftlichkeit der Tochter Zeugniß. Am Abend kamen verschiedene der ausgezeichnetsten Männer des Ortes, die van Rensellaers, die Gonsovoorts, die Roseboöms, und andere von Anton van der Heydens intimen Freunden, um von seinem Unternehmen erzählen zu hören, denn er war der Sindbad von Albany, und seine Thaten und Abenteuer gehörten zu den Lieblingsgegenständen der Unterhaltung unter den Einwohnern. Während diese zusammen an der Thüre des Vorsaals saßen und sich im Zwielicht lange Geschichten erzählten, saß Dolph traulich auf einer Bank am Fenster und unterhielt sich mit der Tochter. Er war schon auf einen vertrauten Ton mit ihr gekommen, denn zu falscher Zurückhaltung und eitlen Ceremonien war das keine Zeit; übrigens liegt etwas außerordentlich Günstiges für einen Liebhaber in dem angenehmen Dunkel einer Sommernacht; sie giebt der furchtsamsten Zunge Muth und verhüllt die Schamröthe des Blöden. Die Sterne am Himmel blickten herrlich, und hier und da goß ein Leuchtkäfer sein vorübergehendes Licht vor dem Fenster aus, oder flog in das Zimmer und erhob sich glühend zur Decke.

Was Dolph Alles an diesem langen Sommerabend in ihr Ohr flüsterte, ist schwer zu sagen; seine Worte waren so leise und unbestimmt, daß sie nie das Ohr des Geschichtschreibers erreichten.

Wahrscheinlich ist es indessen, daß sie nicht zwecklos waren, denn er besaß ein natürliches Talent, den Frauen zu gefallen, und war nie lange in Gesellschaft mit einer ihres Geschlechts, ohne ihr besonders die Cour zu machen.

Währenddem zog der Besuch nach und nach ab. Anton van der Heyden, der sich ganz müde gesprochen hatte, saß nickend allein in seinem Stuhl bei der Thüre, als er plötzlich durch einen herzlichen Kuß ermuntert wurde, mit welchem Dolph unvorsichtiger Weise eine seiner Perioden abgeschlossen hatte, und der durch das stille Zimmer wie ein Pistolenschuß schallte. Der Herr stand auf, rieb sich die Augen, rief nach Licht und bemerkte, daß es hohe Zeit sei, zu Bette zu gehen, obgleich er beim Scheiden Dolph herzlich die Hand drückte, ihm freundlich ins Gesicht sah und mit Vorsatz den Kopf schüttelte, denn der Herr erinnerte sich wohl, was er selbst in seinen jüngeren Jahren gewesen war.

Das Zimmer, in welches Dolph einlogirt wurde, war geräumig und mit Eichenholz eingelegt. Es war mit Kleiderschränken und gut wachsirten Kommoden, die von messingenem Zierrath glänzten, ausmöblirt. Diese enthielten große Vorräthe von Leinwand, denn die holländischen Hausfrauen setzten einen lobenswerthen Stolz hinein, die Schätze ihres Haushaltes den Fremden zu zeigen.

Dolphs Seele war indeß zu voll, um besondere Notiz von den Gegenständen um ihn zu nehmen; doch konnte er nicht umhin, die freie und offene Heiterkeit dieser häuslichen Einrichtung mit der hungrigen, schmutzigen, freudelosen Haushaltung des Doktor Knipperhausen immer wieder zu vergleichen. Etwas jedoch verdarb seine Freude, der Gedanke nämlich, daß er sich von seinem guten Wirthe und seiner schönen Wirthin verabschieden und sich den Ungewittern der großen Welt aussetzen müsse. Hier herum zu lungern, würde Thorheit gewesen sein; er würde nur immer tiefer in das Netz der Liebe verwickelt worden sein, und als ein armer Teufel, der er war, um die Tochter des großen Herrn van der Heyden zu freien – daran nur zu denken, war Tollheit. Die Güte, welche ihm das Mädchen bewiesen hatte, trieb ihn, bei ruhiger Ueberlegung, seine Abreise zu beschleunigen; es würde eine schlechte Vergeltung für die Gastfreundschaft seines Wirthes gewesen sein, das Herz seiner Tochter in eine unüberlegte Verbindung zu verwickeln. Mit

Einem Worte, Dolph ging es wie manchen anderen jungen Denkern von besonders gutem Herzen und leichtfertigem Kopf, die denken, nachdem sie gehandelt, und verschieden von dem handeln, was sie denken; sie fassen vortreffliche Beschlüsse über Nacht und vergessen, sie am nächsten Morgen zu halten.

»Wahrlich, der Beschluß, den ich wegen meiner Reise gefaßt habe, ist gut«, sagte er, indem er sich in ein prächtiges Federbett fast vergrub und die frische weiße Bettdecke bis zum Kinn heraufzog. »Anstatt einen Beutel voll Geld zu finden, um nach Hause zu gelangen, bin ich hier an einen fremden Platz gekommen, kaum mit einem Kreuzer in der Tasche, und, was noch schlimmer ist, habe mich noch obendrein verliebt. Indessen«, fügte er nach einer Pause hinzu, indem er sich in seinem Bette streckte und umdrehte, »ich bin ja wenigstens jetzt in einer guten Herberge, so will ich mich denn des Augenblicks freuen und den nächsten für sich selbst sorgen lassen; ich sage, Alles wird sich auf irgend eine Art, so oder so, zum Besten wenden.«

Als er diese Worte sprach und die Hand ausstreckte, um das Licht auszulöschen, wurde er plötzlich von Staunen und Schrecken erfaßt, denn er glaubte das Phantom des verzauberten Hauses von einem dunkeln Theil des Zimmers aus ihn anstarren zu sehen. Ein zweiter Blick flößte ihm wieder Muth ein, denn er bemerkte, daß das, was er für ein Gespenst gehalten hatte, nichts weiter war, als ein niederländisches Porträt, das in einem dunkeln Winkel gerade hinter einem Schrank hing. Es war jedoch das vollkommene Ebenbild seines nächtlichen Besuchs. Derselbe Mantel und das mit einem Gürtel versehene Wams, derselbe gekräuselte Bart und die starren Augen, derselbe breite herabgekrämpte Hut mit einer an der einen Seite herabhängenden Feder. Dolph erinnerte sich nun auch der Aehnlichkeit, welche er so oft zwischen seinem Wirth und dem alten Mann des verzauberten Hauses wahrgenommen hatte, und war völlig überzeugt, sie müßten in irgend einer Weise in Verbindung stehen, und es müsse ein besonderes Geschick seine Reise geleitet haben. Er lag da und blickte auf das Porträt fast mit ebenso großer Furcht, als er auf das geisterartige Original gesehen hatte, bis ihn die gellende Hausglocke mahnte, daß es schon spät an der Zeit sei. Er löschte das Licht aus, dachte aber noch lange über diese seltsamen Umstände und zusammentreffenden Vorgänge nach, bis er endlich in Schlaf verfiel. Seine Träume waren nur eine Fortsetzung seiner wachenden Gedanken. Es kam ihm vor, als blicke er noch immer auf das Bild, bis es allmählig sich belebte: die Gestalt stieg von der Wand herab und schritt aus dem Gemach, er folgte ihr und fand sich endlich an dem Brunnen, auf welchen der alte Mann hinwies, dann ihn anlächelte und verschwand.

Als er des Morgens erwachte, stand sein Wirth an der Seite seines Bettes, bot ihm einen herzlichen Guten Morgen und fragte ihn, wie er geschlafen habe. Dolph antwortete ihm in froher Stimmung, nahm aber die Gelegenheit wahr, ihn über das Porträt auszufragen, das an der Wand hing. »Ach«, sagte Herr Anton, »das ist ein Porträt vom alten Kilian van der Spiegel, ehemaligem Bürgermeister von Amsterdam, der wegen einiger Volksunruhen Holland verließ und während der Regierung Peter Stuyvesants in die Provinz kam. Er war mein Ahnherr von mütterlicher Seite und ein alter filziger Knicker. Als die Engländer Neu-Amsterdam im Jahre 1664 in Besitz nahmen, zog er sich aufs Land zurück, wurde melancholisch, fürchtete, man werde ihm sein Vermögen nehmen und ihn an den Bettelstab bringen. Er verwandelte sein ganzes Eigenthum in baares Geld und bemühte sich sorgfältig, es zu verstecken. Ja, ein oder zwei Jahre lang hielt er sich selbst ängstlich im Verborgenen, indem er sich einbildete, die Engländer fahndeten nach ihm und wollten ihm sein Geld nehmen; endlich fand man ihn des Morgens todt im Bette, ohne daß Jemand hätte entdecken können, wo er den größeren Theil seines Geldes hin versteckt habe.«

Als sein Wirth das Zimmer verlassen hatte, blieb Dolph einige Zeit in Gedanken verloren. Seine ganze Seele war mit Dem beschäftigt, was er soeben gehört hatte. Van der Spiegel war der Familienname seiner Mutter, und er erinnerte sich von ihr gehört zu haben, daß dieser nämliche Kilian van der Spiegel einer ihrer Vorfahren gewesen sei. Auch hatte er sie sagen hören, daß ihr Vater Kilians rechtmäßiger Erbe gewesen sei; indessen war der alte Mann gestorben, ohne etwas zu hinterlassen, was hätte geerbt werden können. Es hatte nun den Anschein, daß auch Herr Anton ein Abkömmling und vielleicht ein Erbe dieses armen reichen Mannes sei, und daß also die Heyligers und die van der Heydens entfernt verwandt seien. »Was«, dachte er, »am Ende ist das die Auslegung meines Traumes, und die Reise nach Albany der Weg zu meinem Glücke, und vielleicht finde ich des alten Mannes verstecktes Vermögen auf dem Grund jenes Brunnens! Aber was für eine wunderliche weitschweifige Art, mir die Sache mitzutheilen! Warum konnte mir der alte Kobold die Sache mit dem Brunnen nicht gleich sagen, ohne mich den weiten Weg nach Albany machen zu lassen, blos um eine Geschichte zu hören, die mich den ganzen Weg wieder zurückschickt?«

Dergleichen Gedanken gingen während des Anziehens durch seinen Kopf. Er schritt hierauf die Treppe hinab, in voller Unruhe. Da strahlte ihm plötzlich das schöne Gesicht Marie van der Heydens in lieblichem Lächeln entgegen und schien ihm einen Schlüssel zu dem ganzen Geheimnis zu geben. »Am Ende«, dachte er, »hat der alte Geist doch Recht. Wenn ich seinen Schatz heben soll, so meint er damit, ich solle seine hübsche Verwandte heirathen; so werden beide Zweige der Familie wieder vereinigt, und das Vermögen fließt in seinen eigentlichen Kanal.«

Dieser Gedanke hatte sich nicht sobald seiner Seele bemeistert, als er auch zur Ueberzeugung wurde. Er war nun voll Ungeduld, nach Hause zu eilen und sich des Schatzes zu bemeistern, der, wie er nicht zweifelte, auf dem Grunde des Brunnens lag, und von dem er nur fürchtete, daß er jeden Augenblick von einem Anderen entdeckt werden könne. »Wer weiß«, dachte er, »ob nicht dieser alte Bursche, der Nachtwandler in dem verzauberten Hause, die Gewohnheit hat, Jedem, der es besucht, zu erscheinen, und einem schlimmeren Kunden, als ich bin, einen Wink giebt, der dann einen kürzeren Weg zum Brunnen findet, als den über Albany?« Er wünschte tausendmal, der alte kindische Geist läge im rothen See, und sein altes Porträt neben ihm. Er befand sich in vollkommner Verzweiflung wegen seiner Abreise. Zwei bis drei Tage vergingen, bevor sich eine Gelegenheit darbot, um auf dem Flusse zurück zu reisen. Sie waren für Dolph Jahrhunderte, ohngeachtet er sich an dem Lächeln der reizenden Marie sonnte und täglich sich mehr verliebte.

Endlich traf dieselbe Fregatte, von der er über Bord geworfen worden war, Anstalt unter Segel zu gehen. Dolph suchte seine plötzliche Abreise, so gut er konnte, bei seinem Wirth zu entschuldigen. Anton van der Heyden aber war sehr in Erstaunen versetzt. Er hatte ein halb Dutzend Streifzüge in die Wildniß beschlossen, und seine Indianer bereiteten bereits eine große Expedition nach einem der Seen vor. Er nahm Dolph bei Seite und erschöpfte seine ganze Beredsamkeit, ihn von allen Gedanken an Geschäfte abzubringen und ihn zu bewegen, bei ihm zu bleiben, aber umsonst; und er gab endlich den Versuch auf, indem er äußerte, es wäre doch jammerschade, daß ein so feiner junger Mann sich selbst wegwerfe. Indessen drückte ihm Herr Anton bei der Abreise herzlich die Hand, schenkte ihm eine seiner Lieblings-Vogelflinten und lud ihn ein, sein Haus nicht zu vergessen, wenn er einmal wieder nach Albany käme. Die liebliche kleine Marie sagte nichts, als er ihr aber den Abschiedskuß gab, wurden ihre Grübchenwangen bleich, und eine Thräne trat in ihr Auge.

Dolph sprang schnell an Bord des Fahrzeuges. Sie zogen die Segel auf; der Wind war günstig; bald verloren sie Albany, seine grünen Hügel und angebauten Inseln aus dem Gesicht. Munter steuerten sie die Catskill-Gebirge vorbei, deren helle Gipfel glänzend und wolkenlos dastanden. Sie kamen glücklich durch die Hochlande, ohne durch den Geist des Dunderbergs und seine Mannschaft belästigt zu werden; sie eilten quer an der Hawerstraw Bay und bei Croton Point, durch die Tapan-See und unter den Palissaden vorüber, bis sie am dritten Tage das Vorgebirge von Hoboken zu Gesicht bekamen, das gleich einer Wolke in der Luft hing, und bald darauf die Dächer der Manhattoes aus dem Wasser hervorragten.

Dolphs erste Sorge war, nach dem Hause seiner Mutter zu eilen, denn ihn quälte stets der Gedanke, welche Unruhe sie seinetwegen ausstehen werde. Er war in Verlegenheit, als er während seines Ganges dachte, wie er seine Abwesenheit bemänteln solle, ohne die Geheimnisse des verzauberten Hauses zu verrathen. Mitten in diesen Gedanken betrat er die Straße, in welcher das Haus seiner Mutter lag, als er, wie vom Blitz getroffen, es nur als einen Schutthaufen wiederfand.

Offenbar hatte eine große Feuersbrunst stattgefunden, die mehre große Häuser zerstört und die kleine Wohnung der armen Frau Heyliger mit in Asche gelegt hatte. Die Wände waren nicht so ganz vernichtet, daß Dolph nicht noch einige Spuren des Schauplatzes seiner Kindheit hätte unterscheiden können. Das Kamin, an dem er so oft gespielt hatte, war noch vorhanden, geziert mit holländischen

Ziegeln, welche Stellen aus der biblischen Geschichte darstellten, auf die er oft mit Bewunderung geblickt hatte. Unter dem Schutt lagen die Ueberreste von dem Armstuhl der guten Frau, von dem sie ihm so manche gute Lehre ertheilt hatte; und dicht dabei lag die Familienbibel mit messingnen Haken, aber ach! fast zu Asche verwandelt.

Einen Augenblick war Dolph über diesen traurigen Anblick ganz außer sich, denn er fürchtete, daß seine Mutter mit verbrannt sei. Er wurde jedoch durch einen der Nachbarn von dieser Furcht befreit, der zufällig des Weges kam und ihn benachrichtigte, daß seine Mutter noch am Leben sei.

Die gute Frau hatte bei diesem unvorhergesehenen Unglück Alles verloren, denn das Volk war so begierig, die schönen Möbeln ihrer reichen Nachbarn zu retten, daß die wenigen gemietheten Gegenstände und Alles, was der armen Dame Heyliger gehörte, unaufhaltsam in Rauch aufging; ja, wäre nicht der emsige Beistand ihres alten Freundes Peter de Groodt gewesen, die würdige Dame und ihre Katze würden gleiches Schicksal gehabt haben wie ihre Wohnung.

Unter diesen Umständen war Furcht und Betrübniß über sie gekommen und sie lag krank an Leib und Seele. Das Publikum bewies ihr indessen sein *gewohntes* Wohlwollen. Nachdem man ihren reichen Nachbarn die Möbel so weit als möglich aus den Flammen gerettet, sie besucht und ihnen pflichtschuldig und feierlich wegen des Verlustes ihres Eigenthums kondolirt und die vornehmen Damen besonders wegen der Erschütterung ihrer Nerven bedauert hatte, fing man endlich auch an, sich der armen Dame Heyliger zu erinnern. Sie wurde fortan wieder Gegenstand einer allgemeinen Theilnahme. Jedermann schenkte ihr mehr Mitleiden als je zuvor, und wenn das Mitleiden in baares Geld hätte ausgeprägt werden können – gerechter Gott! wie reich würde sie geworden sein!

Es wurde indessen ernstlich beschlossen, ohne Aufschub etwas für sie zu thun. Der Geistliche that daher am Sonntag eine Fürbitte für sie, in welche die ganze Versammlung von Herzen einstimmte. Auch Cobus Groesbeek, der Rathsherr, und Mynheer Milledollar, der große holländische Kaufmann, erhoben sich in ihrem Kirchenstuhl und sparten bei dieser Gelegenheit keine Worte. Man glaubte, daß die Gebete solcher großen Männer von gehörigem Gewicht sein müßten. Doktor Knipperhausen besuchte sie übrigens regelmäßig und ertheilte ihr seinen unentgeltlichen Rath in Fülle; er wurde allgemein wegen seiner Gutmüthigkeit belobt. Was ihren alten Freund Peter de Groodt betrifft, so war er ein armer Mann, dessen Mitleiden, Gebete und Rath nur von geringem Nutzen sein konnten; so gab er ihr denn Alles, was in seinem Vermögen stand – er gab ihr ein Obdach.

Dolph wendete dann seine Schritte zu der kleinen Wohnung Peter de Groodts. Unterwegs rief er sich alle die Zärtlichkeit und Güte seiner lieben Mutter, ihre Nachsicht gegen seine Verirrungen und ihre Blindheit gegen seine Fehler ins Gedächtniß zurück und dachte dann über sein eigenes müßiges, wildes Leben nach. »Ich bin ein elender Bengel gewesen«, sagte Dolph, sorgenvoll seinen Kopf schüttelnd. »Ja, ich bin ein vollkommener Taugenichts gewesen, das muß wahr sein! – Aber«, setzte er heiter hinzu und schlug seine Hände zusammen, »laß sie nur leben – laß sie nur leben – und ich will mich gewiß als ein guter Sohn zeigen!«

Als Dolph sich dem Hause näherte, kam gerade Peter de Groodt heraus. Der alte Mann fuhr erschrocken zurück, denn er war ungewiß, ob nicht ein Geist vor ihm stehe. Es war jedoch heller Tag, so daß Peter bald wieder Muth bekam und sich überzeugte, daß kein Geist sich bei so vollem Sonnenscheine zeigen könne. Dolph erfuhr jetzt von dem würdigen Küster, welche Bestürzung und welchen Aufruhr sein geheimnißvolles Verschwinden veranlaßt habe. Man hatte allgemein geglaubt, er sei von den Gespenstern, die das verzauberte Haus heimsuchten, weggeführt worden; und der alte Abraham Vandozer, der an den großen Pappelbäumen in der Nähe der drei Meilensteine wohnte, versicherte, er habe ein schreckliches Geräusch in der Luft gehört, als er spät in der Nacht nach Hause gegangen sei, »und es habe gerade so gelautet, als wenn eine Heerde wilder Gänse ihm über den Kopf gegen Norden stiege. Das verzauberte Haus wurde nun in Folge davon mit zehnmal mehr Furcht als je betrachtet; nicht um die ganze Welt würde es Jemand gewagt haben, eine Nacht darin zuzubringen, und der Doktor hatte seine Besuche selbst am Tage dahin gänzlich eingestellt.

Es erforderte einige Vorbereitungen, ehe Dolphs Rückkehr seiner Mutter mitgetheilt werden konnte; die arme Seele hatte ihn schon verloren gegeben; und ihr Geist war schmerzlich niedergedrückt durch eine Menge von Tröstern, die sie täglich mit Geistergeschichten und Menschen, die der Teufel geholt habe, unterhielten. Er fand sie im Bette mit den anderen Gliedern der Familie Heyliger, der guten Katze, die an ihrer Seite schnurrte oder kläglich miaute und des Schnurrbartes, des Glanzes ihrer Physiognomie, ganz beraubt war. Die arme Frau schlang ihre Arme um Dolphs Nacken: »Mein Sohn! mein Sohn! lebst du denn noch?« Eine Zeitlang schien sie in ihrer Freude über seine Rückkehr allen ihren Verlust und allen ihren Kummer vergessen zu haben. Auch die kluge alte Katze zeigte unbezweifelte Zeichen der Freude über die Rückkehr ihres jungen Herrn. Vielleicht sah sie, daß sie eine verlorene und zu Grunde gerichtete Familie seien, und fühlte einen Zug der Milde, die nur Leidensgenossen bekannt ist. In der That sind Katzen ein Volk, das seinen schlechten Ruf nicht verdient; sie besitzen mehr Anhänglichkeit, als ihnen die Welt gewöhnlich zugesteht.

Die Augen der guten Dame glänzten, als sie wenigstens ein Wesen um sich sah, das sich über ihres Sohnes Rückkehr freute. »Sie kennt dich! das alte stumme Vieh!« sagte sie, indem sie ihren scheckigen Liebling streichelte; dann mit einem melancholischen Kopfschütteln sich besinnend, rief sie: »Ach, mein armer Dolph, deine Mutter kann dir nicht länger helfen! Was wird aus dir werden, armer Bursche!«

»Mutter«, sagte Dolph, »sprich nicht so, ich bin dir nur zu lange eine Last gewesen, jetzt ist es an mir, in deinen alten Tagen Sorge für dich zu tragen. Komm! sei guten Muthes! du und ich und Tib werden alle noch bessere Tage sehen. Ich bin hier, wie du siehst, jung und gesund und muthig; darum laß uns nicht verzweifeln; ich sage dir, die Dinge alle werden, so oder so, sich zum Besten kehren.«

Während diese Scene bei der Familie Heyliger vorging, wurde die Neuigkeit von der glücklichen Rückkunft seines Schülers auch zu Doktor Knipperhausen getragen. Der kleine Doktor wußte kaum, sollte er sich über die Nachricht freuen oder betrüben. Er war glücklich, daß die übeln Gerüchte, die sich von seinem Landhause verbreitet hatten, so widerlegt wurden; aber es machte ihn besorgt, daß er seinen Schüler, den er für immer los zu sein wähnte, wieder als eine schwere Last über den Hals bekommen sollte. Während er noch zwischen diesen beiden Gefühlen hin und her schwankte, wurde im Rathe der Frau Ilsy beschlossen, die lange Abwesenheit des jungen Herrn sich zu nutze zu machen und ihm die Thüre für immer zu verschließen.

Zur Zeit des Schlafengehens, wo man vermuthen konnte, daß der faule Schüler sein altes Quartier wieder suchen würce, wurde deßhalb Alles zu seiner Aufnahme vorbereitet. Dolph, der seine Mutter in einen ruhigen Zustand hinein geredet hatte, suchte das Haus seines *quondam* Meisters und hob den Klopfer mit strauchelnder Hand. Kaum aber hatte er einen zweifelhaften Schlag gegeben, als des Doktors Kopf in einer rothen Nachtmütze aus einem Fenster hervorhuschte und der der Haushälterin in einer weißen Nachtmütze aus einem anderen. Er wurde nun mit einer furchtbaren Salve harter Namen und harter Worte begrüßt, gemischt mit nichtswürdigen guten Lehren, wie man sie selten zu ertheilen wagt, ausgenommen einem Freunde oder einem Verbrecher vor Gericht. In wenigen Augenblicken war nicht ein Fenster in der Straße, das nicht seine besondere Nachtmütze zeigte; sie lauschten der grellen Diskantstimme der Frau Ilsy und dem gurgelnden Gequäke des Doktor Knipperhausen, und die Worte gingen von Fenster zu Fenster: »Ach, Dolph Heyliger ist zurückgekommen, und auch seine tollen Streiche sind wieder da.« Kurz, der arme Dolph fand, daß er vermuthlich nichts von dem Doktor erhalten werde, als gute Lehren, eine so überflüssige Zuthat, als man sie eben aus dem Fenster nicht besser verlangen kann; so war er denn gezwungen, den Rückweg einzuschlagen, und nahm sein Nachtquartier unter dem niedrigen Dache des ehrlichen Peter de Groodt.

Am nächsten schönen Morgen zeitig befand sich Dolph an dem bezauberten Hause. Alles sah gerade noch so aus, wie er es verlassen hatte. Die Felder waren grasgrün und sahen wie Wiesen aus, und es war, als hätte sie seit seiner Abwesenheit kein Fuß betreten. Mit klopfendem Herzen eilte er zu dem Brunnen. Er sah hinab und fand, daß er von großer Tiefe und bis zum Grunde mit Wasser gefüllt war. Er hatte sich mit einer starken Schnur, dergleichen sich die Fischer an den Bänken von Neufundland bedienen, versehen. Am

Ende befand sich ein schweres Stück Blei und eine große Fischangel. Damit begann er den Grund des Brunnens zu sondiren und in dem Wasser herum zu angeln. Das Wasser war von ziemlicher Tiefe und es befanden sich viel Schutt und Steine darin, die von oben hineingefallen waren. Verschiedene Male blieb seine Angel hängen, und er hätte fast seine Schnur zerrissen. Hier und da zog er bloßen Unrath heraus, z. B. einen Pferdekopf, einen eisernen Reif und einen zerbrochenen Eimer, in Eisen gebunden. Mehre Stunden war er so beschäftigt, ohne etwas zu finden, was ihn hätte beruhigen oder zu fernerem Nachsuchen hätte veranlassen können. Er fing an, sich für einen großen Thoren zu halten, daß er sich so durch bloße Träume bei der Nase hatte herumführen lassen, und war schon nahe daran, Angelschnur und Alles in den Brunnen zu werfen und alles weitere Angeln aufzugeben. »Noch einmal will ich die Schnur auswerfen«, sagte er, »und das soll das letzte Mal sein.« Als er sondirte, fühlte er das Bleiloth durch die Zwischenräume lockerer Steine schlüpfen, und als er die Schnur zurückzog, bemerkte er, daß der Angelhaken an etwas Schwerem festhielt. Er mußte seine Schnur mit großer Vorsicht handhaben, sonst würde sie bei der Anstrengung, der sie ausgesetzt war, zerrissen sein. Nach und nach gab der Schutt, der auf dem Gegenstande lag, den er angehakt hatte, nach; er zog ihn an die Oberfläche des Wassers, und wie groß war sein Entzücken, als er etwas wie Silber am Ende seiner Schnur glänzen sah! Fast athemlos vor Angst zog er es bis zur Mündung des Brunnens, voll Erstaunen über sein großes Gewicht, und jeden Augenblick fürchtend, sein Angelhaken möge von seinem Angelpunkt sich losmachen und seine Beute wieder auf den Grund fallen. Endlich brachte er es glücklich außerhalb des Brunnens. Es war eine große silberne Suppenterrine, von alter Form, reich mit erhabener Arbeit versehen und mit auf den Seiten eingravirten Wappenfiguren, ähnlich denen über dem Kaminsims seiner Mutter. Der Deckel war durch verschiedene Drahtwindungen befestigt; Dolph löste sie mit zitternder Hand, und als er den Deckel löste, siehe! da war das Gefäß mit großen Goldmünzen, von einem Gepräge, das er noch nie zuvor gesehen hatte, gefüllt. Offenbar hatte er den Ort gefunden, wo Kilian van der Spiegel seinen Schatz verborgen hatte.

In Furcht, von einem Vorübergehenden gesehen zu werden, entfernte er sich vorsichtig und vergrub seinen Goldtopf an einem geheimen Ort. Darauf verbreitete er schreckliche Geschichten über das verzauberte Haus und schreckte so Jedermann ab, sich ihm zu nähern, währenddem er ihm in stürmischen Tagen, wenn sich Niemand in den benachbarten Feldern aufhielt, häufige Besuche machte; denn, um die Wahrheit zu sagen, wagte auch er in der Finsterniß nicht hinzugehen. Zum ersten Mal in seinem Leben war er fleißig und arbeitsam und lag seinem Geschäfte des Angelns mit solcher Ausdauer und solchem Erfolg ob, daß er in kurzer Zeit Vermögen genug heraufgezogen hatte, um ihn in jenen mäßigen Tagen zum reichen Mann zu machen.

Es würde zu weitläufig sein, die Geschichte noch weiter ins Detail zu verfolgen, zu erzählen, wie er nach und nach zu Werke ging, um sein Eigenthum nützlich zu verwenden, ohne Aufsehen und Nachforschung zu erregen, – wie er alle Bedenklichkeiten in Bezug auf die Erhaltung seines Vermögens beseitigte und zugleich seiner eigenen Neigung genug that, indem er die schöne Marie heirathete, – und wie er und Herr Anton zusammen manchen fröhlichen und abenteuerlichen Wanderzug ausführten.

Wir dürfen indeß nicht zu sagen unterlassen, daß Dolph seine Mutter zu sich nahm, um bei ihm zu leben, und sie in ihren alten Tagen pflegte. Die gute Dame hatte nun die Genugthuung, nicht länger zu hören, daß ihr Sohn den Gegenstand der Kritik ausmache; im Gegentheil wußte er sich täglich mehr die Achtung des Publikums zu erwerben; Jedermann sprach Gutes von ihm und seinen Weinen; und auch der vornehmste Bürgermeister lehnte keine Einladung zum Mittagsessen bei ihm ab. Dolph erzählte oft selbst an seinem Tische die gottlosen Streiche, die früher der Abscheu der ganzen Stadt gewesen waren, aber sie wurden jetzt nur als Scherze betrachtet, und die ernstesten und würdigsten Herren hielten sich den Bauch, wenn sie davon erzählen hörten. Niemand war mehr durch Dolphs zunehmende Verdienste erfreut, als sein alter Meister, der Doktor; und Dolph war so gutmüthig, daß er den Doktor als seinen Hausarzt annahm, jedoch dafür sorgte, daß seine Recepte immer zum Fenster hinaus geworfen wurden. Seine Mutter hatte oft eine Gesellschaft von alten Freunden um sich, um eine Tasse Thee mit ihr in ihrem kleinen wohnlichen Visitenzimmer zu nehmen, und Peter de Groodt, der beim Kamin mit einem ihrer Enkel auf dem Schooße saß, wünschte ihr häufig Glück, daß ihr Sohn ein so großer Mann geworden sei, worauf die gute alte Seele heiter mit dem Kopfe nickte und ausrief: »Ach, Nachbar, Nachbar, habe ich es nicht immer gesagt, Dolph würde eines Tages seinen Kopf so hoch tragen wie der Beste von seines Gleichen?«

So lebte denn Dolph Heyliger heiter und glücklich, wurde fröhlicher, je älter und klüger er wurde, und machte das alte Sprichwort von dem durch des Teufels Beistand gewonnenen Gelde zu Schanden; denn er machte guten Gebrauch von seinem Vermögen und wurde ein ausgezeichneter Bürger und ein geschätztes Mitglied der Gemeinde. Er war ein großer Beförderer öffentlicher Anstalten, z. B. der Beafsteakgesellschaften und der Spielklubs. Er präsidirte bei allen Mittagsmahlzeiten, und war der Erste, der die Schildkröten von Westindien einführte. Auch führte er die Zucht guter Race-Pferde und Kampfhähne ein und war ein so großer Freund von bescheidenem Verdienst, daß Einer, der ein gutes Lied singen oder eine gute Geschichte erzählen konnte, darauf rechnen durfte, einen Platz an seinem Tische zu finden.

Dabei war er ein Mitglied einer Gesellschaft, welche mehre Gesetze zum Schutze des Wildes und der Austern entwarf, und schenkte derselben eine große silberne Punschbowle, die aus der früher erwähnten Suppenterrine verfertigt war und noch bis auf den heutigen Tag im Besitze der Gesellschaft ist.

Endlich starb er, noch im rüstigen Alter, an einem Schlagflusse bei einem Festmahl der Bürgerschaft und wurde mit großen Ehren in dem Kirchhofe der kleinen holländischen Kirche in der Gartenstraße beerdigt, wo man seinen Grabstein mit einer einfachen Grabschrift in holländischer Sprache, verfaßt von seinem Freunde Mynheer Justus Benson, einem alten und vortrefflichen Dichter der Provinz, noch heute sehen kann. Die vorstehende Erzählung besitzt mehr Glaubwürdigkeit, als die meisten Erzählungen der Art, da sie der Verfasser aus zweiter Hand aus dem Munde Dolph Heyligers selbst hat. Er erzählte sie erst in der letzteren Zeit seines Lebens, und zwar nur in großem Vertrauen (denn er war sehr diskret), einigen seiner besonders guten Freunde an seinem Tische, und wenn mehr Punsch als gewöhnlich getrunken worden war; und so seltsam auch die Geistergeschichte erscheinen mag, nie wurde von einem der Gäste irgend ein Zweifel dagegen erhoben. Zum Schluß dürfen wir nicht unterlassen zu bemerken, daß Dolph Heyliger neben seinen übrigen Talenten als der geschickteste Bogenschütze[2] in der Provinz bekannt war.

---

[2] Hier geht in der Uebersetzung die Pointe verloren. Das englische »to shoot with the long bow« (mit dem langen Bogen schießen) heißt zugleich so viel als unser: mit dem großen Messer schneiden, aufschneiden.

Über tredition

Eigenes Buch veröffentlichen

tredition wurde 2006 in Hamburg gegründet und hat seither mehrere tausend Buchtitel veröffentlicht. Autoren veröffentlichen in wenigen leichten Schritten gedruckte Bücher, e-Books und audio-Books. tredition hat das Ziel, die beste und fairste Veröffentlichungsmöglichkeit für Autoren zu bieten.

tredition wurde mit der Erkenntnis gegründet, dass nur etwa jedes 200. bei Verlagen eingereichte Manuskript veröffentlicht wird. Dabei hat jedes Buch seinen Markt, also seine Leser. tredition sorgt dafür, dass für jedes Buch die Leserschaft auch erreicht wird.

Im einzigartigen Literatur-Netzwerk von tredition bieten zahlreiche Literatur-Partner (das sind Lektoren, Übersetzer, Hörbuchsprecher und Illustratoren) ihre Dienstleistung an, um Manuskripte zu verbessern oder die Vielfalt zu erhöhen. Autoren vereinbaren direkt mit den Literatur-Partnern die Konditionen ihrer Zusammenarbeit und partizipieren gemeinsam am Erfolg des Buches.

Das gesamte Verlagsprogramm von tredition ist bei allen stationären Buchhandlungen und Online-Buchhändlern wie z. B. Amazon erhältlich. e-Books stehen bei den führenden Online-Portalen (z. B. iBookstore von Apple oder Kindle von Amazon) zum Verkauf.

Einfach leicht ein Buch veröffentlichen: **www.tredition.de**

Eigene Buchreihe oder eigenen Verlag gründen

Seit 2009 bietet tredition sein Verlagskonzept auch als sogenanntes "White-Label" an. Das bedeutet, dass andere Unternehmen, Institutionen und Personen risikofrei und unkompliziert selbst zum Herausgeber von Büchern und Buchreihen unter eigener Marke werden können. tredition übernimmt dabei das komplette Herstellungs- und Distributionsrisiko.

Zahlreiche Zeitschriften-, Zeitungs- und Buchverlage, Universitäten, Forschungseinrichtungen u.v.m. nutzen diese Dienstleistung von tredition, um unter eigener Marke ohne Risiko Bücher zu verlegen.

Alle Informationen im Internet: **www.tredition.de/fuer-verlage**

tredition wurde mit mehreren Innovationspreisen ausgezeichnet, u. a. mit dem Webfuture Award und dem Innovationspreis der Buch Digitale.

tredition ist Mitglied im Börsenverein des Deutschen Buchhandels.

Dieses Werk elektronisch lesen

Dieses Werk ist Teil der Gutenberg-DE Edition DVD. Diese enthält das komplette Archiv des Projekt Gutenberg-DE. Die DVD ist im Internet erhältlich auf **http://gutenbergshop.abc.de**

Zeitfracht Medien GmbH
Ferdinand-Jühlke-Straße 7
99095 Erfurt, Deutschland
produktsicherheit@kolibri360.de